彷彿在夢中的黃昏

林彧 著

187 秋雨變奏
190 寄生
192 初暑
194 稀微
196 赤松
199 垂視一周
201 夏日短夢
202 夏雲
204 夏雷

輯六　隨想隨忘

輯七　一些不該被遺忘的

214 突然和自己斷了線
218 涼風四起
224 推理詩三首

227 空港
231 海與岸的戀痕
234 銅片書籤
236 德惠街，木樓梯
239 吸塵
241 深夜撐竿

賞析

246 飄飄何所似／林柏維
254 黃昏，詩如金／游淑貞
261 日光溫煦，親情昭和／尹凡
271 **後記** 詩出無名

季節在換裝，歲月踢正步而過

鮮嫩的，可以解眼睛的渴
豔紅的，燃燒著驚嘆
枯黃的葉子，在風中跳探戈
打成紙漿，書卷翻出清新的呼吸
折枝為杖，樹木就能自在行走

關於離去的故事
我喜歡森林的態度
傷口總冒出新芽

題目「華枝」典出弘一大師所寫偈語：「問余何適？廓爾忘言。華枝春滿，天心月圓。」華枝出現於一歲之始的春天，象徵生命初始的絢麗；天心月圓則在秋日，象徵生命的圓熟或圓寂，本是弘一自述一生行儀的高曠疊壑之作。林彧此詩先寫春日「華枝」的美景，以「歲月踢正步而過」隱喻生命初始的壯闊、華美；再透過群山綠林隨著季節變化，樹葉由綠轉紅到枯黃的顏色變化，寫出生命由初萌到凋萎、再由黃葉凋謝到綠葉初萌的自然代謝；最後結於「關於離去的故事／我喜歡森林的態度／傷口總冒出新芽」三句，點出詩人對於歲月無情、生命無盡的體悟，寓意深遠。而詩中「打成紙漿，書卷翻出清新的呼吸／折枝為杖，樹木就能自在行走」則寫他對於書寫作為志業的堅持。這首詩作在閒適之中還透露了恢弘開廓的生命格局，值得細讀。

三

相較於輯二的閒適之作，輯三「然後呢」與輯四「無來也無去」，雖然同樣也有詩人山中歲月的閒適之境，但更多的是對於世情的探照和感悟。收在輯三而又作為書名的詩作〈彷彿在夢中的黃昏〉即是典型之作。這首詩寫於二〇二一年十一月十九日，時為詩人六十六歲生日，乃是有感而發之詩。根據詩末附註，此詩是回覆老友任平生來函之作（「左手敲打鍵盤回音，便寫首詩代言」）；題目「彷彿在夢中的黃昏」沿用一首很老的台語歌名，內容寫的是詩人病後返歸山林的生活和心境：

細竹釣竿能否讓巨鯨上鉤
我在大崙山上，詰問波濤洶湧的雲海
有時，藍腹鷴自竹林深處跨步而出
牠睥睨山河，並不挑食我的碎言破語
還說：只有小孩才做選擇。有時
鵪鶉撥翻霞影，卻擇枝而棲
盯緊山月，不屑以鼠果腹

有時，旅人在松下輕聲細說；有時
鐘聲自紅塵飄來；有時，記憶必須重組
有時，櫻苞待萌；有時，山氣日夕佳；有時
雨落如行軍；有時，野溪嗚咽於石間
有時，懷友；有時，慵懶似貓；有時

窗外蟬鳴如響雷；有時，樹蛙加開音樂會
深眠或睜眼，就讓昨晚的簾幕去決定

我的視線，在黃昏的荒原逡巡
追趕不及的是，不肯回眸的青春
病殘之後，便以編造昔日之舟渡河，度日
然而，拄杖獨立山頭，我
清醒地等候：引夢的人

這首寫於入老生日之詩，讀來特別動人。第一段以具體的山林所見動植物的富饒生態：大崙山上波濤洶湧的雲海、竹林深處跨步而出的藍腹鷴、山月下翻撥霞影的鶆鴒（老鷹）組成了一組組山林美景，表現大自然的悠然高曠情境；第二段轉而書寫山居生活的閒適狀態：從「有時，旅人在松下輕聲細說」一路到「有時，樹蛙加開音樂會／深眠或睜眼，就讓昨晚的簾幕去決定」，詩人總共寫了九種「有時」的日常生活，無一不淡放自如、有優雅閒適之風。然則，第三段語鋒

輯一　在漩渦中

病毒、戰爭、禍亂、謊言、狂語……
大家都在漩渦中打轉，沒人可以隔水看風景。

我們。你們。他們

我們玩躲避球嗎？那是一顆顆自天而降的火球
你們在射飛鏢嗎？這是一具具的血肉之軀
他們，在牆外，他們自在地戲耍著飛盤

我們是活在巨獸陰影下的小矮人
你們張揚薄脆的紙，厲聲：神聖不可分割
他們（自以為是你們）噘噘嘴：小國莫惹事

我們雙手弓住沼澤中殘破的碉堡
你們用履帶丈量別人的家園

他們（更多數的他們）在股海裡準備衝浪

（春雨中的鷹架，正在腐蝕。俄羅斯對烏克蘭猛甩炸彈。我寫著無用的詩句，櫻花掉光了。

這則不開放留言。大杯無鹽啊。）

二〇二二年二月廿五日

地鐵三目

下車

冬季進站，歲月逼逼作響
樹葉紛紛掉落
何時滑墜的？棲息在吊環那幾片
疲憊的手掌啊

右邊的人

我們對立，各自守候

如果你漠然以為事不關己
高喊：行動受限，呼吸不順
好吧，你可以褪褲走

二〇二〇年三月卅一日

病毒在

病毒在玫瑰花欉
綻放，以誘人心魂的笑臉
病毒在地鐵車站機場
排隊，它們要分赴各處的樂園
病毒在萬人運動館
奔馳，跑回本壘卻聽不到喝采
病毒在，公寓的廚房
沸騰，等待最後的晚餐

病毒在，寂靜的春天。病毒

雷電仍不安好心地甩鍋擲鼎

拐點

自我隔離於春秋之外
也拒絕和口沫橫飛者打交道
怕一出門，行路歪拐，遭來指點

清零

把哨子全都沒收到冰庫裡
從此不再有尖銳的吶喊沖天
是的，清零之後，就是清明了

二〇二〇年三月十三日

零度立春

撕開雲層，初春小露陽光
澆灑我一身蜜汁的溫暖
心緒實則已凍至冰點

武漢／野味／肺炎
飛沫／發燒／感染
民眾／恐慌／排隊
搶購／囤積／牟利
多嘴／搔頭／竊喜
撤僑／逃離／送醫

疑懼／歧視／孤立
隔離／隔離／隔離

礙在瘟疫蔓延時，病毒追噬
春光，怕我吐實太多，封上一片
口罩，以滿山的霧靄

二〇二〇年二月四日

世界是座大病院

然而，大家都在同溫層中
取暖。這麼冷的天
耳膜容易被逆言刺破

在一片薄薄的
罩布裡，自濡以沫
亂吐口水者請去海角罰站

是的，你我各成孤島了
用凍霜的目光掃射洶湧波浪

含苞的紫荊花無言拋落

提前交稿的遺書，未成形的珍珠

童話裡的天使莫非都遭折翼

哀歌被鐵蹄踩踏成粉塵

問你：天明何益？寫詩何用

二〇一九年十一月十九日

撐著

撐著傾斜的天
撐著崩塌的地
撐著嗆肺的空氣
撐著被擊落的翅膀
撐著沒有明天的青春
撐著血腥的風
撐著死神的雨
撐著破旗也不嘆息
撐著怒火，撐著孤寂
撐著烏雲，撐著鐵蒺藜

撐著亂世的慌張與無力
轟隆隆的太平山，無言的八仙嶺
被壓扁的紫荊，驕傲抬頭
撐著黑傘撐著你

二〇一九年十一月十三日

亂流

之一

我　們
對峙著
愈隔，愈
遠。用眼神
溺斃彼此

那一天，總會來臨
時代的洪流啊

之二

冷言與酸語
是最好的搭配
在易碎的瓷盤中
佐以刀叉
相互切割而成
功德
阿門。裝聾有時，作啞有時

之三

電線交錯

一排麻雀，又一排
麻雀，吱喳，啁啾
你煩躁，飛開後
天空也
死寂了

之四

趺坐，在菩提樹下
難免我也會納悶
傷心有傷心的車站
平靜有平靜的池塘
淚水要如何緩緩

流下？湮滿每道分歧的裂痕

之五

日光浴中的，都自認幸福
男男女女，歪歪斜斜
隱私也攤開了
只有草帽與陽傘
遮住見不得人的
顏面，心機

誰能躲在自己的陰影下
舔舐傷口？背向光源，除非

二〇一九年十月七日

輯二 山中爬梯

一個人，在山中。看飛鳥掠空，隨花葉招風，聽黑蟬拉著低沉的大提琴，每晚在樹蛙的交響樂中入眠。醒來，仍是要小心翼翼，上樓，下樓。這樣的生活，我稱之為：「One man party」。

啞口樹

一棵不開花的樹，無言地
在後院成長，織就一片綠蔭

喧囂的黃風鈴，出牆的紅杏
去鬧吧，去吵吧，沉默才是本色

若有雷雨轟落，誰仍挺立
彎腰屈膝者，就是那些花花草草

不用跟風廢話，不必與細碎鳥聲爭辯

一棵樹不曾開口，卻在我心頭扎地撐天

（後院有棵無名樹，在隆冬時冒出芽苞，初春的薄霧中，那些嫩青的指甲向天伸扣——可是始終不見花蕊。周遭的櫻花開了，謝了；木棉炸了，萎了；杏花探頭，垂首。那棵啞口無言的樹，竟，在今午的晴光下默默鋪成厚厚的綠毯。不是很漂亮的無名樹，反而讓我更有感，於是為它拍照，寫詩。）

二〇二二年三月十七日

櫻其鳴矣

花朵是平凡人無料的期待
寒冬之後，千百張朱唇喃喃
每一蕊櫻花都開口許願
願日光和煦，照暖陰暗的心房
願溪水輕柔，洗淨不快樂的記憶

櫻花是初春快閃的流星
滑落我們眼底，粉色的禱祝
隨鳥聲，四處爆發青嫩的希望
祝你安然跨過病毒的蔭谷

祝你別讓政客的口水灑呆了

（後院的櫻花樹在除夕時萌芭，今早細看，已經開了七成，十五年來就這麼相望十五次，每年賞花每年許願——但沒有一次順心！今年有選舉，我的願望更難成真了。然而我是個平凡的傻瓜，仍是對花祈禱啊。）

二〇二二年二月十三日

大借免還

這裡春光如金礦，你盡量刮刨
夏雨似銀彈，你多多入袋
秋來，黃葉都是彩票，張張頭獎
你想跟我借錢？請大方
開口，滿山雲霧都是我的財產

惟有屋後赤松林梢的月亮，請勿
揣走，針葉篩下的蜜光，我要
留著，needs吃白饅頭

（昨晚，手機充電後，忘了設定靜音。今早，鈴聲劇響，一個二十多年沒聯繫的酒肉朋友來電，劈頭就是：借個三十萬，周轉周轉。

真是大借若還呀！他怎麼不事先做做功課？如今的我連給兒子三千元的零用金都挪用，哪來餘力？對於莽撞無禮之人，我向來無情，冷冷回他：沒錢，再見。然後封鎖了他的號碼——這無聊的世間又少了一個所謂的「朋友」。）

二〇二一年九月四日

失電。屋角的輪椅

大雨。山腰樹倒，鳳凰垂翼
橫躺要道。瘟疫仍在城市橫行

攔住郵差，攔住宅配員
攔住鄉村巴士，攔住垃圾車

夏雷拋滾不止，山村卻停電
獨吟的時光在黑暗中凝結

只有微弱燭火，一盞照見

輪椅依然輪轉，推不動的是，人心

（夏午雨多。兩點半突然停電，聽說是有棵鳳凰樹不堪雷雨截腰倒下，壓到電線，於是山上失電了。無聊下，我拍起輪椅，期待天晴後，我能坐著輪椅出遊。）

二〇二一年六月九日

松下獨角仙

潛伏過日，不適應流離。吃土也
是對生活的調侃方式之一
其他憤懣，就與腐果囫圇下肚吧

若有雷響，胖胖月娘倉皇滾落
西山，一片漆黑森林裡
你仍高高擎起自己的琉璃世界

二〇一九年五月廿三日

立夏疏雨

乾渴的河道，有人赤足慢跑
砂礫被踩出興奮的喘息

吉野柳杉不安地抖動
他們抗議：綠色的風衣太短

孟宗春筍已損，只留填不滿的空洞
無聊的青葉，在輕霧中勤練飛鏢

半鉛半藍的雲天，誰在挪動椅腳

坐等名嘴上台？雨停，瞬時蛙鳥爭鳴

（穀雨補老母，立夏補老父〔koq ú bo lao bú，lip he bo lao be〕。我當然不期待女兒會循古風，在立夏這天帶回麵條。我等待的是：雨，一場大雨。

下午二點半，垃圾車的音樂聲飄過山路後，突然山風大作，悶雷滾動——雨，來啦！雨，滑下山崙；雨，灑落山溪。雨在樹葉上跳舞；雨在我屋頂上敲鼓。天地炒豆，眾鳥無聲。

然而，四十分鐘後，鳥雀啁啾，樹蛙高唱，野蟲亂鳴。「太短！太輕！太隨便！」顯然，對於初夏的第一齣戲，眾家影評人和我都很不滿意。）

二〇二一年五月五日

春分視窗

長閉的邊窗被薰風輕敲：舍南有春水
孟宗竹和柳杉挾持著瘦弱的荒溪
赤松林踩住羊蕨與乾渴的野澗
屋後的小水溝只能吞食各家的廚餘

春分。落櫻繽紛，松花爆開
久違的藪鳥啄破霧殼冒出，忙碌的眼睛
我的手機無法抓攫橄欖綠的翅膀
便將一身碧玉的青槭捕來問案

誰在跟春天躲貓貓？
松間飛鳥，你，我，都是
乍然現身，瞬時隱匿
高低鳴叫數聲之後，再也無人聞問

二〇二一年三月廿一日

冬陽閱讀

岡巒在剛睜眼的窗中，拱背似貓
我的赤松抖擻渾身霜露，如金箔飄灑

那些雲霧霞雪都被誰搶收一空
紛擾爭扯的尖銳雜音卻凝成橙黃蜜汁

昨夜冷鋒利過武士刀，裏裘也無法躲藏
朝陽是吊床的鬆繩，靈魂乍然被拋醒

我披袍在窗旁，看著迷人的歷史小說

壓不住的厚卷，輕風拂過，就翻了新頁

二〇二一年一月十四日

跨年

太高了，低，再低
小子幫我懸掛簇新的日曆
從頭頂，到肩膀，未來的
就要釘在齊腰的白牆

我對猛拭青春汗水的他說
歲月放低點，比較容易跨年
不聽話的數字突然摔落，我的腳下

一群令人驚心的日子，踏蹄奔來

二〇二〇年十二月卅一日

冬至前一周。三首

畢旅

畢業就要旅行這季節？
不向睡神屈服的學童
圈圍著百年的松樹，放歌
用吶喊一波波點爆森林
沖天的青春嚇得群星瞪圓眼睛

昨天有霧，山河沉淪
今日，陽光揮杖點敲岡巒的筋骨

我也該為自己籌畫一趟畢旅

寫字

為了將來便於閱讀
我把字體放大，寫得更簡單
結構完整：主詞＋動詞＋受詞

當失智大軍兵臨城下
兒女急來救援時
我就能大聲喝斥：
你是誰

溜息

聽歌，不要想太多
音符有自己的翅膀
引喉者也有他的遭遇

杯子空覆，不證明你未醉過
記憶的膠卷中斷，演出者何在
沒關係，又有新日曆可供翻撕了

二〇二〇年十二月十三日

偷光

他用力抖掉黑色背心
趁夜，踩響空空的山路
鳥獸都不作聲
我也把心事藏到芒花底下
風聲卻不慎摔落荒溪
他，忙著彎腰，撿拾遍地流金
不理會屋中燭火微弱的呼喚
人間的囈語與癡昧也，全捨棄

扛起金綢的包袱

自銀針閃閃的松林上
月亮，縱身而逃

（昨晚我已經賞月了，並且以詩誌之。今天就祝大家：中秋快樂！我要爬上四樓拜拜去了。希望今晚山裡的旅客不要烤肉——我怕聞森林中的炭火味～）

二〇二〇年十月一日

追拍松鼠，只見松樹

一溜煙，剛烘乾、毛線團般的
尾巴，耍弄著樹下的仰望與失望

樹梢是牠自滿的天堂
割食月亮，吞嚼星子，暢飲白露
身處高點，風聲再小也難充耳不聞
所以，隱匿確屬必要
瞬即消逝，才能永久記持
一隻松鼠就因此窩藏在心室

以圓鼓鼓的疑問，盯著你
沒錯，我是松鼠

二〇二〇年九月八日

山中斷章

風雨

風雨互相推擠
大家都想躲來山間
吞。吐。雲。霧

雷電

雷電不斷，棒喝下
山巔將黃的銀杏葉

點頭。點頭。點頭

工程

水管工程掐放著電流
隱身在竹林內，疑惑的
路燈只好不斷眨眼睛

山路

山路走失了
夏暮空手而返
旅人的背包塞滿星光

記憶卡

我在角落撿到華麗的都市
記憶卡。寄回前擔心
超重，便把所有檔案都刪除

如夢

我們認識的人真多
一半持續呼吸，一半已停止
在夢中，生死者照常詭辯，愛戀

二〇二〇年八月十四日

盛夏傍晚的急雨

來不及關上毛玻璃窗
透明箭矢已射穿我漫長的午寐

雲霧倉促拉起乳白布條
在松下，舉辦新書發表會
粗黑體的鉛字，一顆一顆擲落
一首詩，在屋頂跺腳抗議
一篇社論，在風景裡揮拳抨擊
一朵紅玫瑰，在彈林中昂首高歌
而這世界，正慌亂地尋找巨傘

樹蛙的輕笛勾引著，捲走薄脆的
黃昏，剩下風涼的疾語

二〇二〇年七月廿六日

雨中的櫻花樹

不戴口罩的，不願封城的
櫻花樹；不打口水仗的
櫻花樹。不排隊，爭搶露臉
沒有走私陽光，或月光
沒有哄抬花蜜
眾鳥群蜂飛藏的日子
冬天一瓣一瓣凋落
隨著雨水，春天一滴一滴報到

雨中的櫻花樹，噙著淚珠

靜靜離去，無言且無情
多情的，是人心；愛哭的
也是

二〇二〇年二月十三日

晨間故事

花咲

後院的櫻花，在幽暗的森林中
展開笑靨。想起遠方的人
在無光的海邊，以一根火柴
我不慎點燃少女的青春

時光都老去了。櫻花依舊
別人的故事，開開落落

鳥鳴

一長一短，一短一長
鳥聲啄破我的夢殼
一哭一笑，一笑一哭
人間不成形的憾事太多了

春天就該安靜些，守在窗旁
翻誦經文，為紅塵祝禱

二〇二〇年二月七日

未到大寒三首

1

臉頰突有幾根
灰鬚，冒出。蛇一般的陰險
不修邊幅的
日子，無知而幸福，危機也
四伏，病菌總在髫鬚叢中取暖
擔心浴室的鏡子不認人

我拾起生鏽的刮狐刀（刮鬍）
順便把殘餘的冬天剷除
免得：春風吹右聲（又生）

2

老人守在深夜的電視機前
打起長又長的呵欠
鄉間的路燈一一垂頭，閉眼

年輕時不懂事
以為孤獨的牛蛙都是如此
用粗礪的喉音呼喚夕陽
現在懶得隨世界誦經

也學起牛蛙，數聲巨響
打發纏身的睡神

3

他們都走了。我們
成為長輩，溪谷回音不斷
再也沒有高山可供仰望

我回到荒園，努力
割草，以便將來躺成
一座小山

二〇二〇年一月十三日

月光有翅膀

月亮展開寬闊的雙翼時
東方的山巒就從深霧中起飛

月亮棲落，在溪澗旁
松林，每一根針葉隨風吟唱

月亮，西沉。黑色羽毛舒平
誰的容顏，在夢海上冉冉浮升

（夜半餓醒，起身煮鍋地瓜稀飯。窗外，銀華流瀉，星斗在松葉間閃爍。真快，寒露剛過，接下就是霜降了。）

二〇一九年十月十六日

秋山三首

松風

一群人，在森林各為立場爭辯
松風如濤，藿香薊徒然搖頭

太陽溜班，蟬聲也急忙刷卡
一灘怨氣蛸集姑婆芋傘下

高高在上，松果
一顆也不肯隨風飄落

竹影

西風川流，孟宗竹林裡
我編織著窈窕的葉影

競選的麥克風
向濛濛的溪谷吹送

山神抖醒。候選人犀利的政見
劃過竹林心臟，剖出筆直的公路

負離子

來吐納養生的

旅客，把喧囂塞回背包
慌亂的腳步聲趕赴
末班車。好沉重的歸程啊

滿山滿谷的
負離子，一口都沒被帶走

二〇一九年九月廿日

華枝

每日臨窗，我校閱群山綠林
季節在換裝，歲月踢正步而過

鮮嫩的，可以解眼睛的渴
豔紅的，燃燒著驚嘆
枯黃的葉子，在風中跳探戈
打成紙漿，書卷翻出清新的呼吸
折枝為杖，樹木就能自在行走

關於離去的故事

我喜歡森林的態度
傷口總冒出新芽

二〇一九年八月廿一日

輯三　然後呢

日升月落，花開花謝，有喜有悲，事起事畢。
然後呢？吃飯，飲老茶、喝咖啡，吞食藥丸。
然後呢？不斷思索，繼續呼吸。

昨日雨水

每一粒水珠都是孤島
渾圓的被併吞，發亮的漶散成漬
匯入洪流，也不過是汪洋裡的
一絲隱隱浪痕，小小遺憾

如果你的淚滴呢？是殞星
請斟酌掉落，一顆到無言的心海
百年後，來尋亂世，我還君
晶瑩的珍珠，鑲在詩句中

（清晨拄杖想到對街買瓶牛奶，無奈一輛休旅車擋住出口，只好在車棚上架起手機，對著車頂上的雨滴拍起照片。

入屋吃藥，竟想起婚前的女友們已有二人辭世——年少輕狂，只會惹來美人淚。將來我恐怕要歸還一串珍珠啊！羞愧得只好躲回春寒的夢中了。）

二〇二二年二月十八日

盡頭之外

每一個夢境都要延伸出
一座陽台，讓我的靈魂展翅
於大山大水的故鄉翱翔

每晚臨睡前都要寬容自己
說一次無礙飛行的
小小謊言：我無處不達

但是，我接觸不到的人啊
在你冰封而躲閃的夢域

我無法抖著寂靜的月光垂降

（在微雨的頂樓，有一排雲朵羊群般踱步於大崙山巔。我搜出一塊發霉的壓克力板，水沖，擦拭後，放置手機之前，以防鏡頭被雨水潑到，然後對著遠處的雲影山景按下快門。下樓後寫首詩懷念故友，卻才發現這張照片：色調偏藍，交夾著雨滴，水漬，黴痕，以及我無力的手跡。

詩已曖昧，景更扭曲，人呢？在鏡頭／盡頭之外。）

二〇二二年二月十一日

彷彿在夢中的黃昏

——報任平生書

細竹釣竿能否讓巨鯨上鉤
我在大崙山上，詰問波濤洶湧的雲海
有時，藍腹鷴自竹林深處跨步而出
牠睥睨山河，並不挑食我的碎言破語
還說：只有小孩才做選擇。有時
鵜鶘撥翻霞影，卻擇枝而棲
盯緊山月，不屑以鼠果腹

有時，旅人在松下輕聲細說；有時
鐘聲自紅塵飄來；有時，記憶必須重組

有時，櫻苞待萌；有時，山氣日夕佳；有時
雨落如行軍；有時，野溪嗚咽於石間
有時，懷友；有時，慵懶似貓；有時
窗外蟬鳴如響雷；有時，樹蛙加開音樂會
深眠或睜眼，就讓昨晚的簾幕去決定

我的視線，在黃昏的荒原逡巡
追趕不及的是，不肯回眸的青春
病殘之後，便以編造昔日之舟渡河，度日
然而，拄杖獨立山頭，我
清醒地等候：引夢的人

（1. 老友任平生年前來函，細說近況：兒女已婚嫁，退休無事忙，髮白，齒搖，血壓高……最後殷殷問我身體狀況，錢財是否夠用？有伴在旁看護否？
他提問多題，我無法書寫信函回覆，只能左手敲打鍵盤回音，便寫首詩代言。敲打了兩天，終於可配合昨天黃昏所拍的窗景以為報。

2.〈彷彿在夢中的黃昏〉其實是一首很老的台語歌名——與〈夜間飛行〉同時期——多年前還查得到，現在已沽狗不出來了。（台語要念作：親像置夢中的黃昏）

3. 忙著寫詩，便沒看跨年報導了。節慶，對某些人而言，只是岩石釘，用來確定自己的安危，與時空定位座標。人生又不是攀岩登山，只是過日子——滿地竄爬，才是實況。）

二〇二二年一月二日

不。要。臉。書

我是不要臉的
山。以雲霧為罩，誰也看不清五官
當你召喚，我已走遠

我是不要臉的
海。湛藍平滑的螢幕下，暗潮洶湧
日夜撞岸的波濤，是我的心跳

我是不要臉的
路。筆直，巔簸，寸斷，里程破表

腳掌怎麼飛揚，自有流雲來導向

我不要臉。藏匿於人群之中
廣場上每雙圓滾滾的瞳孔都各有渴望
在某個角落，最不起眼的正是我的冷眼

我不要臉。在你深沉的夢中
漂流著瑰麗的風景，青荇隨波搖擺
空白的我，只以意念浮現

我不要臉。模糊的，恍惚的
游離的臉，早就溶入字裡行間
用扭曲的筆跡，我這樣耕耘心田

不要臉書，在虛擬的空間

被強行規畫版面，裁決路線
翻動每一頁，我卻是展翅的飛雁

不要臉書，或可嚼草發呆望天
不要臉書，為粗糙的生活，自己按讚
不要臉書，自由的靈魂無須上鍊

而，厭世者每每長命於世間，厭於
臉書者豈能一再說：不要臉，不要書
我又提筆，把心事繞了千遍，萬遍

（發想了兩年，終於在十一月十九日六十六歲生日那晚寫出這首詩。不要臉書，
是：不，要臉書；
是：不要，臉書；
是：不要臉，書。

儘管Facebook即將改名為meta（從此有我「沒他」？）但是我使用「非死不可」也有十三年了，也就是說，我和自己、親友、陌客face to face也有四七四五天了，我把作品往這裡倒，我把照片往這裡塞。憂也罷，喜也罷，臉書讓我成了自己的總編輯；我寫詩討好的是自己，我調侃的也不是別人。要不要臉？都該自己承擔。只能說辛苦啦！這些年陪我一起成長、衰老的朋友們。）

二〇二一年十一月廿二日

簷滴

思索著。思索著。思。索。著。
水珠緩緩。順著枯葦滑跌。
停格。在快門關上之際。

沙沙作響。筆與紙。徹夜奮戰。
濁世裡。萬念糾纏。顛倒。我妄想
用文字凝結出一滴詩。

大寒後。清晨。細雨微微。
我一顆一顆收拾。不斷掉落的

癡夢。一行一行垂掛在屋簷。

二〇二二年一月廿二日

大寒將至

每一片葉落，就是一張臉孔的
消逝。我在時光之瀑下，堅持不凋

我已淋浴，山中的冬陽跨進紗門
為我敷上金黃而寒涼的油膏
暮空，飛鳥啣草掠過，不留聲影
夕日就要在薄霧掩護下棄守
松林後，月娘露出悲憫的微笑

大寒將至，殘花與蝕葉，都會飄飄

墜地，在銀珠晶閃的黑幕裡
下一季，我的觀景器應該綴滿陌生的
嫩青。而這窗邊的人依然
左手敲鍵：練字度日，寫詩過年

（獨居山中，諸多不便，日常用品都靠親友接濟，否則就以網購宅配到家，唯獨洗澡一事仍要親力親為。現在是冬天，沐浴淨身就成了一項大工程，首要看日子：晴天的下午；其次，備妥暖爐，調整水溫；最後，鋪好要更換的衣物。然後我才敢進入刑房（浴室）。

再過幾天就是大寒，今午陽光蕩漾，趕快淋浴去。乃開暖爐，備好厚毛巾、衣物，放水，於是從容赴「浴」。我知道，洗完澡，在陽光下擦拭頭髮時，我會詩興大發。於是，拍照，寫詩。黃昏時刻，大案終結。）

二〇二二年一月十六日

冬霧留白

山景與遠樹，都被屏蔽
惟近屋的赤松似仍有怨言
卻只能騰出枝葉的空間
任由飄忽的霧氣，去吹噓

屋簷的枯葦，倒鉤成謎
久矣，沒人去割除這幾絡懸掛
當我開窗窺探，鳥啼破耳
一些心事與辯解，已經冰融了

（昨夜失眠。回想這一路遭受的誤會與錯解，欲辯難言。今晨開窗，霧團鎮壓大地，整個森林只看見一棵赤松，還有倒掛的枯葦，簡潔似畫。既得美景，言語或辯解就不如鳥啼蟲鳴了——一切辯解之言，其實只是刀矛，防禦了自己卻刺傷了對方，何必？

雲消霧散之後，仍還我晴麗山河。此時，留白，最好。）

二〇二二年一月六日

一二三，木頭人

轉頭細點：松樹是木頭
吉野杉，台灣杉，鹿仔樹，都是
風也不流，雲也不滑步
只有沙漏傻傻，在倒數

一二三，木頭人
都不動了：我父我母我伯我叔
何須回首？他們在前方天上
溫柔地呼喚：快快長成一棵樹

在我身背後蠢動的
是誰？一二三，別跑
青春跨欄窣窣，歲月超車忽忽
是誰？仍留在原點回首凝視

木頭人，一，二，三。不如
我也加入，在鷹眼下裝死
任他眸光潛入艾草叢，飛越櫻花樹
穿透雲霞，我是動也不動的神木

二〇二一年十一月六日

羅漢。果

我相機的雲台是兒子的
肩膀；六十五歲攀附著二十歲
踮腳探頭看花，按下歲月的
快門。（當年連三腳架都免）

在霧峰遇見一棵微笑的
羅漢果樹，綠色羽翼隨風翩飛
老花眼努力盯住抖動的目標
唯一的花蕊，如天鵝回首
瞧見樹蔭下一對相依的父子

遍地的繽紛似乎已經解答
等待花落，羅漢自會修成正果

（周一早上，住在中壢的高中時代老同學可樂，專程開車來接我到竹山秀傳醫院回診。下午三點看診完畢，突發奇想：到霧峰買瓶「初霧吟釀」回溪頭喝。兩年沒喝酒的我，當晚卻與可樂、兒子喝了三款酒：啤酒、台灣清酒、威士忌。原來我不喝酒是因為沒有值得舉杯的對象。

羅漢果樹，是酒廠櫃檯小姐說的。今早寫完詩，好奇地從孤狗查詢，卻發現：羅漢果的葉子是心形的，花蕊有點像百香果的花相。我拍的確定是羅漢果花嗎？期盼萬能的臉書大神能告訴我：這到底是什麼樹與花？——但詩已寫成羅漢，就不改了。）

（10:50 補記：其實已經博學的網友指正：這是「羅望子樹」。原詩就試著修改幾個字，仍可「望子成龍」呀。）

◎修改後的詩——

樹立望子

我相機的雲台是兒子的
肩膀；六十五歲攀附著二十歲
踮腳探頭看花，按下歲月的
快門。（當年連三腳架都免）

在霧峰遇見一棵微笑的
羅望子樹，綠色羽翼隨風翩飛
老花眼努力盯住抖動的目標
唯一的花蕊，如天鵝回首
瞧見樹蔭下一對相依的父子

仰望著，仰望著，我期許兒子
比大樹還要高，就算我將來也
拍不到：他的肩頭，他的錦繡前景

二〇二一年八月十八日

日光昭和

追思父母，就躲回他們的年代
昭和的木櫃裡藏了些什麼
梧桐板抽屜，黝暗如防空壕
發霉了，香蕉絲的西裝
發霉了，砂糖水攪糙米飯
發霉了，學徒兵的南洋出征照

擦拭後，我想儲放遙遠的青春
把成串的蒼白囈語，收起來
把零散的戀情，收起來

把褪色的受薪盛事，收起來
曬著暖暖冬日，我自滿如富翁
抽拉著回憶，把玩著憂喜
卡答一聲，空襲警報倏忽響起
誤觸生鏽的鐵鈕，被關住了：
我的草稿我的藍圖，唯一的鎖匙

黃昏時刻，我放棄了扣關
垂暮的窗外也有來去自如的輕嵐
屋內剩下薄薄斜影，不值珍藏
兒女夠聰明，將來
他們想念老父，可以上雲端

二〇二一年一月三日

時間到了

時間到了。孤伶伶的
街燈打起呵欠，送走成雙的戀人

時間到了。盪漾的
月光浮托起細頸曇花，隨之凋萎

時間到了。啞口的
麥克風鎖住了歌手宣退多次的喉嚨

時間到了。華麗的

戲服踹翻僵白的小丑政客
時間到了。時間。到了。
我釋放日曆背後每顆不安分的文字

二〇二〇年十二月卅一日

作夢，不必等天黑

晴日佳好，宜散步
落羽杉戲耍西風，揮動黃紅翅膀
晾衣場傳送著童年的皂香
銀杏林裡，兩個旅人輕聲細說
大白天，我在雪原似的稿紙上踱步
大白天，望冬稻的啼聲填滿窗格
大白天，脫韁的癡念妄想成了發泡機

敢於作夢：拄杖攀登峻寒的最高峰
敢於作夢：把巨松的綠蔭版圖再擴大

敢於作夢，因為，活著
活著就能適時把噩夢推醒
至於，難以截斷的甜夢？誰也
無法印證，永眠之後，再說

二〇二〇年十一月十九日

虛擬替身

秋風／點閱／銀杏金扇
湖面／下載／幾行雁影
秋風／複製／銀杏金扇
湖面／貼上／幾行雁影

本尊／連結／替身
替身／標記／本尊
本尊／剪下／替身
替身／清除／本尊

季節總是誠實地重複著景象
網路卻帶領我們到處亂鑽
替身另存新檔
本尊竟認不出替身

二〇二〇年九月廿三日

顯示較少內容

長瀑之下，立有警示：
水深危險。滔滔雄辯之文
網頁會自動攔截，加註：
顯示較少內容。是釣餌嗎
還是勸阻閱讀者止步？
說明，辯解，或爭論，都是船邊水紋

生命的卷軸快垂放到末端
我已不愛多言了
詩也，愈，寫，愈，短

二〇二〇年九月廿三日

女兒樹

一棵樹，長大了
印成紙鈔，印成詩集，印成
一張祝福滿滿，只談重點的便箋

一棵憂愁的樹，曾是幼穎爭發
曾經幻想著紡織天上的雲朵
回到山中，嫩綠枝葉為我撐起涼傘

擔心我渡孤時被森林的寂靜
吵醒，女兒指令：把第四台裝回來

要我以有線去垂釣無限吧

女兒樹，成熟了
會開花，會結果，會擁有自己的濃蔭
那些擾人的雀鳥，她會想法去驅趕

二〇二〇年八月九日

夏雨三則

風滿樓

忘了關窗，淋濕了半床好夢
潑墨者藏身赤松林內
樂譜被吹走，熊蟬拋下琴弓
無知的樹蛙更放膽吟誦

病毒是否洗刷得無影無蹤
隔海的警棍狠力螫咬，青春更痛
淹水的城市，多惱的斗室

亂我心者：關不住的電視。不是風

苔痕上階

苔痕上街，滑倒的
當是匆行的路人

苔痕上階，我的思慮
頓蹄復頓蹄，怕一閃神
下坡的夕陽就被黑夜劫持了

初夏暗扣

咳。是誰？陪著遲眠的夜雨在踱步
他需要一把傘？或一撮菸絲

設想他是晚到的旅人
兩個孤單的靈魂，咳，隔門互問
或許，那是久未謀面的老友
所以輕輕啄門，咳咳，混充更漏
也可能，是斑鳩躲雨廊下，卻不知
門後有人，咳咳，撲翅欲飛
咳咳咳，都是天地間的
遊客。戶外，屋內，交換風聲

二〇二〇年五月廿八日

山雨

欲來。萬葉振翼
充塞天盆的，是隆隆聲響
擲鼎／滾雷。甩鍋／疾電
摔碗／裂帛。拋盤／霹靂
搖旗吶喊，猖狂的氣流
在漆黑的森林，竄進，竄出
不為所動，四肢不勤的
我，強拄鋼筆，獨抗妖風

既來。千山倏忽隱身

在雲霧之後，岡巒瑟縮成綠貓
誰在屋瓦上，撒豆？誰在
草叢中，射箭？誰在
亂流間，淘米，抖布，掀幕
閉窗吞食藥丸，一切如常
安之若素，只有那蕊弱小燭花

已停。浸泡過淚水的眼眸特別閃亮
霓虹若無其事地坐在天邊，擦拭手環
人面蜘蛛又披出串串水晶珠簾
赤松的枝枒垂掛著旅人遺忘的紅傘
我編織起頹牆上的霞影
初夏停電後的山谷，突聞蟬鳴

（上周，雷電交閃，某夜寫罷這首詩後，便上床。翌日醒來，溪頭妖怪村集結了各式工程車，左鄰右舍紛向台電派來的工程師投訴：冷凍櫃、冷氣機、加壓馬達、廁所風扇、免治馬桶、除濕機……全都無法運轉了！而我呢？兩部電腦主機、按摩椅、電熱水器、電暖爐、烘碗機、前庭電燈，也都罷工了！只因台電突如其來的停電與瞬間復電，這些附有ＩＣ版的電器用品遂中箭落馬，統統不工作了。電腦主機已央人載至山下換了電路板昨天修復，下午台中公司會派人來檢查按摩椅，其他就無法管了。）

二〇二〇年五月廿五日

書房遊戲

我的右手是個戰敗的將軍
他和我的右腳，冰冷地
與這個不完美的世界，對峙著
舉不起的地球，瞄不準的覘孔
他們宣告獨立，並且分割了出去

戰敗的將軍仍保有驚人的野心
他在電腦裡藏著七美圖，隨時要渡河
鍵盤上滿是拂曉攻擊後的菸灰
白天的螢幕殘留著滑鼠匍匐前進的軌跡

我的右手，還在企圖奪回江山

（好語之十節 當春奶發生
髓瘋錢辱葉 閏霧戲無聲）
我的右手趁左手忙著挖鼻孔
迅速地搶灘，摧毀杜甫的碉堡
（好雨知時節 當春乃發生
隨風潛入夜 潤物細無聲
野徑雲俱黑 江船火獨明
曉看紅濕處 花重錦官城）
我的左手笨拙，卻準確地叼出詩句

遞給我的右手一支派克老鋼筆
左手說：用你扭曲的字跡
寫出欲振乏力的正義與公理

用你血栓的左腦，去建構
跳躍的殿堂，滾動的故鄉

我的右手，濕垂的鴿翼
我的右手，夾尾的滑鼠
他在印表機前，呀呀喊冷
他在荒蕪的書桌上，無聊踱步
戰敗的將軍戴起厚手套
竹筷挾黑豆，連發數枚迫擊砲

二〇二〇年四月十六日

二月，多出來的一天

二月不是抒情的月份，
不安地向遙遠的春天預約
一副銳利的矛和堅厚的盾，
仍要回到雪白的床褥上，
和瘠瘦的冬天莫奈地繼續戀愛。

二月總是滿布陷阱。
有些發霉生苔的記憶，
在潮濕的巷弄深處陰陰作笑；
我們偶而掀開一角藍天，

不是油般的雨，便是墨般的雲。

二月啊，我們買了一盒七彩蠟筆，
卻畫出一串又一串的疑問和驚嘆；
船夫到重重森林中尋找木槳，
渡頭卻在失眠之後，
悄悄地自夢河上流失了。

（一九八四年二月廿九日作，紀念二二八，壓在書桌抽屜中整整一年。隔年焦桐邀稿頗急，便把題目縮成〈二月〉傳去嘉義，一九八五年二月五日刊於《商工日報副刊》，二〇二〇年二月廿九日重新發表於臉書。）

初冬六行三首

冬眠

銀杏葉被霜風鍾鍊成金扇
南飛的鵜鶘鷹不屑啣走

過了十月，就要深霧鎖山
我想朦朧看世事，不理楓紅

是的，都該冬眠了
在濕冷的夢中，心靈最清醒

雲霧

雲和霧在山腰打結
你與我，學著鳥語爭辯
泅游進去，雲海成了霧紗
而霧，在山下遠觀，就是飛雲
我是你窗外的流雲
你，是我心中的那團迷霧

將夜

蘆葦叢中的鶺鴒如何詮釋暮色

黑蟬附樹，為黃昏吹響嗩吶
下山的引擎仍喋喋不休
北斗星在森林上空釘出句點
溪水流去，淺灘上的泡沫伴我打呼
屋外，月娘默默掃著滿地的松痕

二〇一九年十一月一日

隙駒

秋風盪著夏末的蟬聲而來
你卻搭乘浮雲降臨山城

年輕時代的戀人啊
熟悉的身影，讓日光陌生了

在白晃晃的往事裡，一蕊
勿忘我堅持著三十年前的優雅

有心？無意？所謂邂逅，誰能安插

我縮回屋中，守住不潰防的陰暗

有些愛止於唇齒

有些人，只好過門不入

（昨天在樓下整理手稿，累了，往屋外尋視。卻在半遮的門後，窺見熟悉而陌生的身影——三十年未見的戀人！或許她是無意經過；或者她是有心來訪？年輕時不夠勇敢，年老了只好縮回殼裡。沒拍倩人芳影，以當年自己的舊照代替——與其留戀，不如自愛。）

二〇一九年九月二日

懸念

思索千遍後
便把所有檔案都
刪除了
騰空記憶體去雲遊
一路闖關，才不會超重

二〇一九年八月十九日

像童話一樣的遙遠

像童話一樣的
耐嚼：甘蔗頭、甜根草的鄉愁

像鄉愁一樣的
藏匿：日光下的瓦縫，穿堂的微風

像微風一樣的
轉向：過期的盟約，無法保鮮的愛情

像愛情一樣的

不牢靠：蒸騰掀蓋的政見與選舉
像政治一樣的
薄脆：吶喊與泡沫，歡呼與碎浪

像童話一樣的
遙遠。這傻子的人生，難以指望
從星期一排到禮拜天
一日扮演一個小矮人
公主卻不曾在白雪中出現

二〇一九年五月五日

輯四　無來也無去

他們走了嗎？他們不再回來了。
找到他們以後，誰還會記得我？就憑著幾行詩句，將來好重逢呀。

風簷

——久旱後的夏雨天，窗邊懷人

那一顆。是商禽。是辛鬱。那是
周夢蝶。余光中。楊牧。那一顆
疾馳的流星。漸被遺忘的。是燿德。
還有霧中遠行的。岩上。濛濛發光。
還有怒掃黑白棋子的。管管。什麼都不管了。

年少時光裡。我秉燭圈讀的一枚一枚鉛字。
入眼。驚雷動電。回想。掀漣起漪。人呢。
人都躲到姑婆芋下。撐起傘菇。無言。微笑。
順著湛綠的蘆葦葉尖。滑落吧。

我們正在排隊。準備快樂地回家。

（雨，愈下愈大。避疫的雨天適合讀書，回想天上幾位老師與朋友，希望他們也出把力：把雨水都趕到集水區去。

關於辛鬱，我們都住在木柵，有一次在興隆路的一家小飯館相遇，他竟在離開時提早將我家四口的菜錢都順便埋單了。然而我印象最深的是：那年商公嫁女，只請十來人，酒足後，向明唱了一段《四郎探母》；而辛鬱以他低沉有力的北方腔唱了一首小曲：「房前的大路唉～卿卿你莫走 房後邊走下 唉～卿卿一條小路-啊～～～～～」數十年過去，那嗓音始終縈繞耳際。）

二〇二一年五月卅日

探病途中
——追思JF

日光向秋葉說
悄悄話。樹影聽到了
天氣真好。藍空細細撕扯雲絲
散步去。腳步聲推走行人
你的輪椅可以穿越薄霧嗎
枴杖能撐得起我傾頹的尊嚴吧
病菌們熱烈討論，在涼風中

誰該祝福誰？不如藏言口罩裡
當夕陽闔眼，樹與影
暫停交談。你我也鑄入寂靜黑岩中

二〇二〇年十月十九日

繁華落盡

——耑送幾位好友

下車了，你要帶走什麼呢
鬱金的瓣杯
燭焰的雕花
或，漆黑的樂符
如果你與生前般易於失眠
我送你無言的詩句
大去如歸，遠行若返
什麼都別帶走，成串淚珠也不要
真有輪迴，來生就可歡愉享用
那時我不病了，我們同喝萬壺吧

（愈來愈懼怕翻開臉書。今晨醒來，赫然發現幾則噩耗，有同事的夫君、往日的酒友、前陣子才通話的故人，或由妻子、或由子女通報了訃音。亡者已渺，生者無言。都會有這一天的，請勿說：節哀。）

二〇二〇年九月廿日

垂死病中驚坐起
——送行岩上大兄

獨居，就能脫離網際？不可
理喻；秒針永遠跑在分針之前？不
可理喻；風吹，流雲散形

不可理喻，壞人笑著遲未離去
不可理喻，臉書翻閱不到好訊息
不可理喻，我正酣眠你卻安息

可理喻的，是我們在深霧中抓攫蟬翼
可理喻的，是武陵春櫻不再凋零

可理喻的，是來日登岩上，你教我打太極
不增不減不離不棄不悲不喜
乃至暗燈復明，乍然照見
死神，不可禮遇

（由於眼疾，許久沒開電腦，八月三號一開機，卻聞噩耗：前輩詩人岩上大兄病故！他七月底才在草屯家中發表新詩集《詩病田園花》啊。當下，我腦中只浮出元稹寫給白居易的詩句：垂死病中驚坐起，暗風吹雨入寒窗。

一首追悼詩，塗抹了三天才寫成——還是覺得命運的不可理喻啊。由於長久習武，八十歲的岩上紅膏赤脂，身強體健，望之似只六十許，因此我一直以「大兄」稱之。未料，一次摔跌，幾番手術，今年他已形銷骨立矣。事實上，去年九月岩上大兄已然自書讖語，在題名〈告別〉的頭尾三句詩中，他早瀟灑地向我們揮手了：

「在門口，我轉身

……

那是告別的所在，還是

告別後要去的地方？」

去吧，去吧。大兄，你已渡過彼岸，遇見死神就別客氣：狠狠捶他幾拳！

閱讀者，請莫勸我，節哀。）

二〇二〇年八月五日

孤雲

——送行江士官長

旅行的終點，在家門口鞋櫃
歲月沖洗出來的模糊記憶
全都疊放到騰空的餅乾盒裡

守著寂寞的老人，捍衛唯一的
碉堡。射擊過那麼多哭與笑
日落月升，他終還是沒回
到家，擺好禿掉的軍靴。一片
白雲踢著正步，踩進冰冷的鐔中

（江士官長是我婚前在台北市臥龍街認識的老兵，他常滷些牛筋、豆乾到我樂業街家中喝高粱。一九八八年冬天，我幫他挑了一只大皮箱——他要榮耀地返回瀋陽老家。在香港等待轉機時卻被騙光身上的錢，於是他又飛回台灣找我喝悶酒，從此孤老於斯。前天接獲老鄰居通知：士官長安靜地走啦。焚寄一首詩以悼念。對了，士官長的筆名就叫：江上雲。）

二〇二〇年七月十六日

九月小窗

——過故人山居

他已經盡力了，屋內的鼾聲依稀
滲出窗縫，凹凹凸凸構築出他的勞瘁
瀝青白漆防水膠，堵不住的汗水

風笞，雨鞭，他的牆，一首被咒詛的詩
生活不在乎平仄對稱，韻腳也是巔頓跛行
他炒菜，吃飯，嚼著貼貼補補的日子

搬離地球後，他的黑牆冒出野花
我拿起枴杖，為他戳鋤溝邊的菇傘

至於瓦上的白羊，就任其奔馳吧
如果，到了夜晚
有人把小窗填滿檸檬黃
就著微光，我將拎瓶優游在窄巷

（詩中人是我在山上少數的酒友，他有時幫人整理茶園，有時到深山盜採牛樟菇。老孤獨的他生活得零零落落，沒事就在外牆上抓漏，年底總會載些自種的大蘿蔔與青蒜給我。寡言，少笑，與我喝酒很有節制，兩人喝完一瓶小高粱即止。前天，搭朋友便車下山去看他，才知道：他已經離世四年了。）

二〇一九年九月一日

輯五　寄世。記事

浮生若寄。對著地球，我們也只輕聲一句：借過。

我本多情，於是另寫幾筆，以便留下爪痕。

春霧

路燈

徹夜睜眼。防守雨箭攻山。
溫柔的長頸鹿啊。探頭探腦。隔著霧牆
窺視。獨居老人皺縮的心事。

牙落

不敵歲月砲轟。左顎臼齒動搖。
才咬下鬆軟的麵包。爛牙飄墜如櫻。

大江東去。我滿口。驚。濤。裂。岸。

舊被

翅膀硬了。燕子紛紛離鄉。十幾年。
未曾歸來的在網上。嘲諷老巢棉被發霉。
單手打掃空房。我始知。這輩子太短。

（開年以來，連著三件事讓我省悟幾分：
1.「殘障手冊」寄來，我才肯於面對：身強體健的日子過完了；
2.「老人年金」在二月末匯進我帳戶。我真的向青春歲月擺擺了；
3. 除夕下午，寫小說的老賀來訪，他從口中掏出兩排假牙。我終於知道：開始要過「無齒」的老人生活了。）

二〇二二年三月十一日

薤露

星逝

賢者匆促離去，鞋跟劃出火光
深秋流星四瀉，訃音如飛雪
為了看清燦爛的夜空，算了
我還是先去檢驗青光眼

弔亡

驟然，走了，一群好人

留下遍地的壞蛋
感謝壞蛋。我的餘生
將以捏碎蛋殼為樂

秋露

霧。來了。露珠冒竄。
交談。爭辯。熱戀。合歡。
霧散。刮走露珠。一簇
孤挺垂首。因寂靜而凋萎。

木芙蓉

清晨，中晝，黃昏；皎白，嫣粉，羞紅
無人的水潭邊，木芙蓉臨鏡搓摩雙頰

封園

沒了鼎沸的引擎，眾鳥也噤聲
不再有廢話掛枝頭，林木猛然抽長

藍腹鷴

雜沓的鞋音止步，牠們跨身出林
在不需汽油味的馬路，搖擺如遊客

開電視

電視新聞日夜重播著政壇
連續劇：灑淚的，張合的，扭擺的

鱷魚眼，魚嘴唇，鰻魚腰
演技最爛者，搶戲最凶

二〇二一年十月十九日

一日抵三天

◎突風

披頭散髮。滿山林木吆喝著。和年輕的落葉一起狂舞吧。無端想起。伊人的笑靨。

◎孱雨

覆碗之下無完卵。只有銀色粉絲整把整把下水。剪不斷的。絲鏈。

◎野蟬

一箭黃昏的蟬聲，不偏不倚，射中在莽原奔躍的。我的青春。

◎酒星

月落的夏夜。太白金星依舊堅守山崙之上。善飲者說。酒星是眉月微笑時發光的唇邊痣。

◎幽光

囚於斗室，以避閒人。以避病毒。以避雜亂發聲之名嘴。夕陽仍穿過野薑花叢。每日投我。以溫暖。

二〇二〇年六月廿九日

大寒大晴

◎**即事**／紅棗。黑棗。杏仁。胡桃。栗子。桂圓。紅豆。綠豆。臘月八日。釋迦牟尼成道。未曾斬斷七情六欲。臘八粥。我不敢喝。

◎**淋浴**／晴日高掛於松葉之上。我褪下厚重冬衣。舀水。潔身。洗髮。不快樂的俗事與塵垢。隨泡沫一起沖走。隱身於孟宗竹林的藍腹鷴們。正咯咯討論著。我的沐浴乳。太香。

◎**如金**／冬陽貴如金。難得有幾枚靜靜掉落。在父親敲釘的梧桐木裁縫桌上。我總不忍撿拾。怕。母親少婦時代忙碌的背影。與殘留的色土痕跡。會溶入黑暗中。如今。

◎山路／山路。是斷身數截的蚯蚓。扭曲著。匍匐前進。時隱時現。在千尺的杉林中。它鑽研著濃霧的密碼。多事的鷓鴣。躲在芒花下。一直提醒。好深的冬天啊。

二〇二一年一月廿日

溪頭

◎**大雨在冬季**／銀絲密密。冬雨在縫補乾裂的山河。稀微路燈因此一夜未眠。遲日照高林。躲身松樹後的太陽。下巴滿是綠色的鬍渣。

◎**靜音**／靜音是森林的小名。沉默而美麗的婦人。喧鬧的溪水是不解風情的頑童。偶有輕佻的雲嵐來挑逗。靜音也只是微笑。任由來去。不為所動。

靜音。是我的手機。她緊貼在我的左胸前。只接聽忠實的心跳。

◎**年終送客**／他們是逃學的孩子。趁著我埋首於人間的功課。他們留下幾把空椅。也許。在桃樹下捏陶。也許。去溪畔嚼食甜根草。也許。

垂膝在雲朵上釣魚。
唯一不應該的是。他們都忘了我的地址。每到歲末。我夢境的雪原。
總是悄然。

二〇二〇年十二月廿四日

入冬

◎**逝者如斯**／他們不會再來點讚了。枯枝只能抓住空白的寒天。飛走的翅膀。來春就化成綠芽吧。

◎**句點**／沒有結局的戲劇。看來多寂寞啊。主角們找不到回來劇場的路嗎。聚光燈撒落在舞台上。發亮而空虛的句點。

◎**讀秒**／人。一出生便被死神盯上。並且親密相隨。好好共舞吧。樂譜有長有短。但音符是用來讀秒的。

（入冬以來，驟然走了三個朋友——他／她們都是五十出頭。無言，短句相送。）

二〇二〇年十一月十日

夏天有尾巴

◎他。老來歲月無驚。
閒著沒事。寫。詩。嚇。人。

◎日子。有出無進。
南風穿堂。塵埃落定矣。
留下一屋子的月光。冷涼。

◎兩雙仰望的目光。遠遠交會。
點亮一顆星子後。各自追尋。
感謝那麼多錯接的眼神。夏空如此輝煌。

◎鐘聲撞到晚霞。黧暗的天際痛得掉下淚珠。
彗星。告訴我。
倉促地走了。又是誰。
※疑懼或如夏葉。發穎茂盛。
潑落滿地濃蔭。金風一掃。
只剩枯枝。與無知。

二〇二〇年十月廿三日

秋雨變奏

◎按下每一個光鈕。秋天搭著
雨珠電梯。降落。降落。降落。

◎黑暗中。閃爍的瞳孔。
秋雨埋伏在窗外。窺探著。我的心室。

◎敲磬。叩鐘。
秋雨悲悵。為我翻誦一夜的金剛經。
因得清醒。而安眠。

◎水晶珠球。在嘈雜的紅塵。旋轉。
我的宇宙。也是。
經過搓揉。脫水。終於洗淨。

◎雨停了。才發現。屋後一棵
青楓。欲辯不得。因此憋紅臉頰。

◎霧中的岡巒。沉默的綠獸。
柳杉舉劍護衛。秋雨轉向野溪
撒嬌。帶我走吧。

◎爬滿青苔的巨岩。雨絲正在敲打鍵盤。
聲勢若有似無。其實是篇艱澀硬底的論文。

◎銀杏。鵝黃的扇葉。經不得秋雨殷勤的邀約。

趁旅人不注意。滑著
圓舞曲。他們私奔了。

二〇二〇年八月廿九日

寄生

◎山中不知年。百歲的赤松只懂得不斷
往上生長。槲寄生傍著。
傍著。竟也成了神木。

◎祕婆。孤黃。暗光鳥。都藏身於針葉間。
熊蟬扯破嗓子。也喚不醒森林裡避暑的動物。
夢者為大。

◎大晴。害羞的白鼻心
窩在山蘇的翡翠綠戟中。等著過午。

肥胖的雲朵會施施而來。哄牠午寐。

◎過午。變天了。女兒睜開惺忪之眼。

我說。再不把衣服烘乾就要臭殕了。

人過六十四。漸垂暮天。豈能不勤快。

◎學生要休假。醫生也要。

只有病毒不用。它們在我體內。毀人不倦。直至人亡病癒。

為了自己長命無絕衰。我與病毒訂盟。天地合。乃敢與君絕。

二〇二〇年六月十四日

初暑

◎南風搔弄著。赤松的胳肢窩。
我的夏午飄盪著。樹脂香。
◎雲朵在天空。倦了。就歇息山頭。
想念飄遠的父母。真想幻化成雲。
◎鳥聲啁啾。東一簇。西一簇。
好聽的鳥語。像美麗的花朵。爭搶綻放。
◎樹蛙學不來甘於寂寞。震耳的雷雨後。

竹叢中。傳出細弱的驕傲。

◎驟雨橫掃。山色算是匆匆洗過臉。
洪流漱石。溪澗正在刷牙。

◎蟬聲不靠翻譯。毒日下。他們在陰暗處。吟唱著悲烈的詩句。
明天六四。端午將至。

◎一個窗口。讀取一格風景。
一個夏天。可以遍嘗憂喜。

◎大樹玉荷包。夏雪芒果。花蓮西瓜。
充滿色香味的初暑。我快樂得像蹺課的學童。

二〇二〇年六月三日

稀微

◎看見。燈影。在重重濃霧中。
便投身。向著茫幕擲進。

◎被剛滿二十歲的兒子環抱著。我的
夢。飛向他誕生的那個冬夜。

◎沿途仙樂飄飄。我來送行。
願我離席時。花開安靜。花落無聲。

◎當我躺下。死神在耳際。竊竊私語。

一睜眼。窗外鳥蟲正熱烈討論。今日慶典。

◎打開傘。就可以撐起一片天空。

雨天。全世界都躲到我傘下。

◎手機記憶卡。收藏著數千張風雲歲月。

六十歲以後的記憶。簡化成悲歡離合。一幀。

◎君子慎獨。一個人剛好照料自己。

人多了。慌亂的手腳。不知如何安排。

二〇一九年十二月四日

赤松

◎柯折。葉枯。赤松也會老。
只是他告別的姿勢。始終從容。

◎雲朵滑落。蟬聲滑落。
旅人的絮語。滑落。
赤松無情。枝枒只供萬物暫時懸掛。

◎白鼻心爬上最頂梢。結巢。
定居。接近天堂。夜空裡
多出兩蕊溜溜轉的星星。獵人也不會發現。

◎松針縫著霧紗。松花含著露淚。
我的赤松站在窗外。
日日夜夜。等著出嫁。

◎月娘出來了。月娘依偎在赤松的臂彎。
墨綠色的夜。森林鳴響著戰鼓。
天明。月娘出征了。

◎十月銀杏打開黃扇。冬末櫻花笑吟吟。
春來杏花撲粉。夏蟬和樹蛙演奏交響樂。
沉默的赤松。在四季輪迴中。定點旅行。

◎每當我經過赤松林。不自覺地
腰桿打直。目空一切。

其實。孤傲的是人類。

二〇一九年九月十三日

垂視一周

◎活著。眼睜睜看這亂世。霧濛濛。算了。亂視也好。

◎不講話。野薑在水溝旁開花。不講話。我吐著空煙。

◎翠鳥挑揀著卵石。牠要琢磨出玉磬的啼聲？

◎回音自空谷彈來。不小心。我潑灑了滿桌子的霞光。

◎星星在黑森林中。很寂寞。我輕聲呼喚。久久。故人才眨眨眼。

◎兩棵樹。各自負氣生長。蔓澤蘭賊賊地捆綁住他們。

◎母親遺留的木梳子。斷離多年。微雨散髮的黃昏。炊煙裊裊。

◎跌跌撞撞。日子也會讓路。三年前。我曾坐著輪椅。等待黎明。

二〇一九年七月廿一日～二〇一九七月廿六日

夏日短夢

◎夏雨粗亂的鬍渣。狂吻。不斷扭擺的山溪。鈕扣裂解。

◎鵜鶘鷹叼走慌兔後。我的童年大夢。就是據天牧雲。

◎後溪吟哦。紡織著金黃月光。我睡在蜂蜜玻璃瓶中。

◎陌客敲門。風鈴驚鳴。開窗。一群落葉搶搭末班車。

◎紫霧寫起小說。每到懸疑情節。我便閃身。在柳杉樹下。

二〇一九年七月廿一日

夏雲

◎獅豹雨。在墨綠的森林中。
疾書。鏗鏗鏘鏘的論文。
我只會推敲簷滴。參差的韻腳。

◎眾石設障。用心挽留。
好不容易搭上時光渡輪的
彼岸花。興奮泅奔。頭也不回。

◎霧掛在杉枝上。一件鼠色斗篷。
風來抖落。青苔石板

湧出萬顆。晶鑽。

◎青春是暴雨後的松林。謎般的

嵐氣。來去。如七月魅影。

◎我默念著。戀人的小名。夢的密碼。

姑婆芋葉下的藍腹鷴。何必搶著破解。

二〇一九年八月十一日

夏雷

1

我們用雨聲細細交談
雲霧速速攏來，說是要維護隱私

2

夏日雷雨，還留存著撿字房的遺風
上剔，下插，拼出一盤墨色的社論來

3

用鋁門窗，我框住善變的風景
以四季，誰能任意抽換我的心緒

4

雷電交閃，松樹不言
風雨過去，幽草含淚

5

當你成為林園，何須計算
飛禽走獸，有幾隻曾留下棲息

6

邁過中年最後一階，不妨自私些
簷滴，午蓮，晚蟬，都宜獨享

7

悲傷，是脫韁野馬
你奔馳去吧，淚珠有人幫著收藏

8

知道你已入眠
但是仍在夢中搜尋著我

二〇一九年五月十九日

輯六　隨想隨忘

既然隨想，最好也隨忘。

不幸的是，我已經標註了日期，所以這些字句倖存了下來。

二〇二〇年二月廿二日

◎人生苦多。好在很短。

◎櫻花睜眼。桃李睜眼。星星也睜眼。春天。就是不要廢話。

◎口罩的發明。是為了防堵政客愚蠢的病毒。飛散出來。

◎其實我們一直在排隊。等著日升月落。等著被領回。

◎散播最快的。分布最廣的。是我們內心深層無邊無際無由來的。恐懼。

◎病毒自由穿梭。證實了。人為的關卡是多餘的。

◎人生苦短。還是省點用。

二〇一九年十月十八日

◎一個饅頭，感覺吃不飽，切成三小塊，嗯，滿足了食欲。

◎政客的語言適用破窗理論，一格接著一格——他們自己搞砸的。

◎說得太多，你反而聽不懂，我把句子削短削尖，或可刺痛你。

◎我們共有很多朋友，但你我從來不是。

◎我們有一個共同的敵人，而那始終是：你。

◎野風突作，擄走微弱的燭火；停電的長夜，我點亮自己的夢。

◎我們能走的，不如別人期待的遠長。

二〇一九年八月十四日

◎人何寥落鬼何多。中元節。誰該祭拜誰。

◎一陣雷雨。嚇走滿山遊客。我自深沉的夢中。驚醒。幸運草都爆開了。紫色的希望。

◎擁有一窗風景又如何。風起了。我還是要緊閉門窗。

◎當季節過去。涼風會在山稜拉出嶙峋的線條。騷人止步。

◎沿著主流走下去。不會迷路。尋行支流者容易亂步。但是。野趣十足。

二〇一九年八月三日

◎青春的河流會唱歌。步入老年的荒原。血壓仍在高鳴。

◎撿到寶了。盜墓者得意搔首。他穿出別人的壽衣。

◎山下天熱。山上人多。我躲過高溫。卻揮不去噪音。

◎路燈淪陷。在深霧中。照出幽微小徑的。是昏花的眼睛。

◎日子愈過愈短。討好世人的廢話。少說。

二〇一九年七月廿九日

◎破布子是凝固的汗珠。仲夏午寐。友人提來鹹甘的童年。

◎吶喊與威嚇。微光與陰影。我們驅趕。謊言與鎮壓。

◎那些猙獰的。面具。噩夢。陽萎的口號。不舉的政見。

◎紫霧籠罩。深谷的台灣杉。為我舉劍誓師。

◎你垂釣自己的影子。別將不同海域的我。放入你的魚簍。

輯七　一些不該被遺忘的

這裡收錄了一些少作，年輕時衷心喜歡，卻未曾放置到我已出版的幾本詩集中。這些掉落到時光縫隙裡的芝麻，隔了三十多年中被挖出，如今咀嚼起來，耐人尋味——所以就不照時序編排了。

突然和自己斷了線

（探險家呼叫摸索者，
聽到了請回答……）

那一天，我扭開身上的機器，
試著和散布各地的自己聯繫，
風聲掠過生命的玄關，
想像得出每一個我都在吶喊，
他們說：～～～～
那時，我正走近雨後的平交道，
聽不清那些模糊的呼叫，

黑色蜈蚣把我的聲音扯走了。

第二天，我織起一張透明網，
在市中心的購物廣場，
假裝詢問一條街道的方向，
行人草草作答，瞬間四散——
而我明白：是他們、
他們把我的影子撞傷。
否則，我何必忙著捕捉：
灰濛濛、生了鏽的陽光。

這一天，我記得曾經走路上班，
經過鳥籠店、鋁窗行、鐵工廠，
還看見紅色的風箏浮在烏雲上，
怎麼？敲過打卡鐘，

我就用橡皮將自己猛力擦去；
狂亂地使用嗆肺的修正液？
怎麼？才離開玻璃墊，
我就在酒瓶與盥洗室之間，
將自己忽忽灌倒嘩嘩沖掉？
每個影子都不在我身旁；
每種聲音都拒絕簽到。

那兩天，我陷入了一片雪原，
豎旗之後，才發現：
我是怎麼、怎麼滑到了邊緣？
來不及發報危急待援的消息，
就被那個我極力討好的世界拋棄；
恐怕，連這頁白茫茫的記憶，
也將不知讓誰靜悄悄地撕離……

最後一天，我照例站在儀容鏡前，
整一整歪了的衣領；
調一調皺了的心情。
我再次向青蒼的鏡中人徵詢：
填飽這個無底的胃囊後，
讓我們去把自己找回來？
但是，我和他隔了一層寒冰，
我說：被凍結了，你的聲音？
他說：～～～～
（摸索者呼叫探險家，
聽到了請回答……）

（一九九〇年刊登於〈中國時報人間副刊〉，卻未曾收錄在我的任何一本詩集中，心有不甘。便於二〇二〇年四月廿四日重新發布於臉書。）

涼風四起

垃圾風

起自松山東北東，
升騰，翻轉，潛伏，滾動，
一股風，喝！矯勁猶龍。
吹，過撫遠，經饒河；
來，往內湖，到水邊——
那股風狂飆奔來颯颯飛馳；
有人劇咳有人詛咒有人、
有人呵，在山上焚燒：

我們丟棄的螃蟹殼、斷肢布娃娃……
就在內湖的山上，一條河流旁。
那條生病的河流挾著魚屍走向基隆；
那座山的義乳叫做垃圾峰，
遠望青奇，在灰濛的雨中，
如貓背，像花塚。
驟然，起風！誰敢有夢？
一夕吹拂，松山無松。

東洋風

起自扶桑島，
柔似水，撲襲如浪，
無法抗拒，難以抵擋。
有人在電視機前放大瞳孔；

有人隨著歌聲交出喉嚨，
女人的雙頰漾著旭日紅——
誰能在那柔媚的風中屹立不動？
竄入每條巷弄，點亮每盞霓虹，
一條通二條通三條通……
流進學校的教室中，
想做藥師丸博子的是我們的學童；
飄過受創的心靈疼裂的前胸，
松下田邊三井樓花夢，
終戰之後，卻又絕地大反攻？
嗨！我是小林幸之助，
嗨！我是東方一條龍，
嗨嗨嗨，和風不是暖風！
一夕吹送，扶桑扶傷？痛！

不解風

起自江湖上，深山中，
每個美麗的星宿都成了歸宿；
每種神祕的氣流都成了主流。
有人早上訪醫師，夜深拜相師，
有人放下教鞭，執起神鞭。
伸出手掌的無法自我掌握；
握緊拳頭的握不緊自己的頭。
你說這是什麼風？
身在人世，魂入地宮；
你說這是什麼風？
往生來世，人人想懂。
怎樣說明，怎樣闡釋，
傳奇的人物最靈通，

這樣通，那樣通，
解也不解？

無名風

起自每個角落，
落到每個人的肩膀，
伴著冷冷的雨伴著熱熱的淚。
暴起，烈作，狂行，顛震，
那是什麼風？
墜樓斷頭析肢，如此銳利的風啊！
那是什麼風？
倒會套匯受賄，如此歪斜的風啊！
那是什麼風？
偷機投機劫機，如此腐腥的風啊！

那樣的風那樣的瘋，
不能阻遏，無從追蹤，
你問我：這叫什麼風？
答案啊答案，
被茫茫的風撕走——
無名風煽熾了無名火。

一九八五年十一月卅日《自立晚報副刊》

推理詩三首

每一隻腥紅的眸子

沒錯，那晚落幕，銀亮的，多層幕的。
他們穿過村後那條荒溪，蕉園，穿過了
杉林，來到黝黯的目的，無主的骷髏，
每一隻腥紅的眸子，在找，在看，在盯
什麼，銀亮的，多層幕的，那晚落幕。
（至此，已不知有幾顆心臟停止跳動）
後來，我們聽到地心的嘶喊：明牌阿！

忘了做愛

不回家，留一張床，讓孤獨去打戰。
他們在做什麼；政治家做出香香甜甜
薄薄的一張笑臉；他們在做什麼？經
濟學家做出高高低低可以滑梯的曲線
；他們在做什麼？爸爸做出彎彎曲曲
像迴紋針的姿勢；他們在做什麼？媽
媽做出匆匆忙忙像隻蜜蜂的模樣——
不回家，留下空床，他們忙著做人。
（一群小孩在地下道，誰做出來的）

空格密語

（正義　泛舟危險　愛情　使用帳卡

請勿打擾　上帝　歡迎郵購　罪證
齒輪　呼叫　陰謀　勝利　懸案）
※請自行填入左列句中空格
□□，我們面對的是一個不確定的□□
□□，人們滔滔雄辯，□□□□，月光
凋萎，□□，我們流血，□□□□，而
蛋價普揚，□□，經理，□□，□□□
P.S. 這是個不適於有正確答案的時代

一九八六年某月

空港

波音727在空中掠過；
波音737在灰藍的天空掠過；
波音747在黯淡的雲層掠過；
波音——

妹妹，我們嚼著老硬的板栗，
舔著還沒溶掉的棉花糖，
扯著七彩氣球的細線；
這裡什麼都有，
真好，這裡什麼都賣。

妹妹，不要走遠，
我們要等候領航人來到。

哥哥，我們去看馬賽，
到高樓中飲一天茶，
在連珠公寓搓一整夜麻將；
這裡真好，什麼都有，
哥哥，記得提醒我，
不要讓我錯過班機。

我們要及時離開，
要記得搬走所有香水瓶，
趁八仙還在嶺上打盹，
黑霧仍未踩到太平山，
我們把發亮的珍珠運走，

留下空空一座海港，
好讓和平鴿練習飛翔。

哥哥，我真不願離開，
我的硬幣仍未花光，
女王的側面怎麼扭向左方？
妹妹，我真捨不得離開，
這裡什麼都有——什麼
都被出賣。

一九九五根羽毛
掉下來——
一九九六根羽毛
掉下來——
一九九七根羽毛

掉下來——

一九九五年某月作品

海與岸的戀痕

我們住的這個小島，像幸福的
床，在溫暖的水中，柔和搖擺，
輕微震動。我們躺在這張床上，
嚼食著甜香又富色彩的夢，
你指著東北角那凌亂的鋸齒似的
岬灣，說：多精緻的床巾花邊！

多精緻的床巾花邊，卻有一個
最淒美的故事——所以，我們的
傷痕都要經過記憶的邊角堆放——

我們住的這個小島，在二百多萬年前，
因地殼上升，產生了褶曲式的運動
（像你生氣時也會皺起好看的眉頭）。
這小島在第四紀更新世時，受了委曲，
海浪和東北季風經年侵蝕，那糾結的眉頭，
就成了恩天這海岬與海灣交錯的景象。

這海岬與海灣交錯的景象，其中，
喏，這叫做海蝕平台；這是豆腐岩；
那是海蝕溝，那是砂岩格塊。
洗刷，切割，剝落，細細刻鐫，徐徐琢磨，
五彩斑爛的紋路，奇妙多夢的節理，
千萬年來海與岸的愛戀，清楚地留下痕跡。

你問我：我們的愛戀呢？

我又指著廣闊深湛的太平洋，
在那裡！我們的愛痕戀跡正一波一波傳送。
就在這小島美麗的東北角，你將可聽見
那殷勤的呼喚，並感覺深情的拍撫。

千年呼喚萬年拍撫啊，我們的愛戀也要如此
彫鏤成東北角那精緻多摺皺的花邊——
那是凝結的浪潮；那是固體化的波浪；
那是海與岸永恆的足印——懂了嗎？
我像海水般登陸，就在你柔美的
海灣似的唇上，洶湧覆上另一種浪潮。

一九八五年九月七日

銅片書籤

送我一枚銅片書籤，
說是舊貨攤上搶回的紀念，
閒翻古籍，慢慢把玩，
便會隨著墨印悠悠蕩回從前。

那輕輕的一片，那青青的一面，
彷彿褪色的月光渲染著苔蘚；
堆了塵的、絕了版的，愛怨，
一頁一頁，一行一行，湧現。

銅片書籤，冷硬的翻閱卡，
翻來，覆出，不見了頁碼，
就算我憐惜著暮天晚霞，
也不知，不知如何將你安插？

送我一枚銅片書籤，
說是留待他日燈下查檢。
老來無事，翻翻舊帳，
碰著了，就當它是昔日紅顏……

一九八八年五月八日

德惠街，木樓梯

——某醉漢戲鼠

喂，樓上的，能不能
扶著我的影子走下來？
或者，就熄了吧，
你那盞輕蔑的眼光。

那麼瘦的德惠街，深夜酒吧，
青森森的月亮，哆嗦地
偎在木樓梯上，一直哭泣。

（這首詩寫於一九八七年十二月，刊登在一九八八年一月出刊的《藍星詩刊》。詩中的某醉漢並不是我，而是一個男歌手。

C歌手當時還是個小咖，接受採訪時，他大口喝著紅酒，夾著香菸的左手不斷拂掠著他的烏黑長髮。席間他物議人物、時事；譏諷著歌壇的怪現象，並且不斷埋怨自己的懷才不遇。除了我，沒人認真聽他發牢騷。突然，他消失席中——也沒人在意。

我傻呼呼地外出尋找。竟在酒吧廚房後的防火巷，看見有個穿格子衫的男子蹲在臭水溝旁啜泣。是C！我立於一旁守著。只見他溫柔地招呼木樓梯上的一隻老鼠：你下來，聽我唱歌，好不好？

然後他就這樣唱了：

小老鼠，愛偷油
上樓梯，下不來
快快來，這裡我有紅酒
還有你愛吃的肥牛排
快來，趕快滾下來……

然後，我把這一幕寫成了詩。走紅成名後，他應該忘記這事了，至於我，他從來也未曾記得誰是誰。——所以，我們也沒必要去追索這個C是哪個歌手了。）

吸塵

說這是我最謙卑的姿勢，
當我虔誠地跟隨著你；
你卻丟給我滿地的汙穢。
要我去嚼食你的指甲屑，
要我去舔吮你脫落的皮膚。
你笑吟吟地牽著氣喘吁吁的
我，吞下你吐出的魚刺；
嚥進你扔棄的牙籤；
消化你打碎的玻璃。
當我一口一口為你收拾，

你揮揮汗誇讚自己的辛勞；
然而，陷在軟沙發中的你，
斜視著髒掉的我，吐口痰，
呸！而這個——
我不吃！

一九八四年十一月廿六日

深夜撐竿

直挺著，直挺著的是：
我的筆，我的腰，我的腿。
深夜撐竿，不在操場，
獎盃或花圈退還給白晝。

在繁華凋盡的黑夜，緊握一竿，
起跑，拄推，縱身，騰躍，
全在無人瞧見的白紙上，
從時鐘的最高點到最低處，
飄飄，落定——

正好踩上太陽畫出的第一道金線。

一筆猶似一竿，一撐，
何止一夜？這一躍啊，
便耗去十度春秋；
一度又一度將標線推高，
何時才將自己推向千秋？

你問我：
想在燙金薄上獨撐最輝煌的一頁？
不！寧可成為跳蚤，
即使不拿撐竿，
也無須任何撐腰，
　　使
　　　勁

彈
腿
，
一跳——
不高，卻將自我的極限超越了。

一九八六年五月《藍星詩刊》（8）

賞析

飄飄何所似
——飛進〈大寒將至〉試冷暖

林柏維

當夕陽燃燒著天空，雲霞總愛不甘寂寞地呼朋引伴，相偕而來，霞光如葉落般一片片墜入老松林內，一些竄過窗帷趺坐室內地磚，映照著詩人的心情：「我的視線，在黃昏的荒原逡巡／追趕不及的是，不肯回眸的青春。」（林彧〈彷彿在夢中的黃昏〉），輝煌的青春不走回頭路，飛行的軌跡只有向前再向前，拂拭遺留桌上如詩句的光暈，都彷彿在夢境中。

林彧的詩，樸實中存藏濃厚情感，語句流暢而不華麗，字斟句酌而不賣弄玄虛，常帶有一絲絲傷感，卻總能敲動讀者心弦，進而和他的詩一起共鳴。晚近，林彧的詩體現著歸隱山林的詩風和老來違和的人生感懷，是山谷深林諦聽他的心音？是無邊風月騷動他的詩心？日常就是林彧寫詩的素材，即使俯拾皆是，不擇地皆可出，又都能以詩言志，意即，他的詩不浮泛於文字表面，字裡行間每多深意，需要靜心思索、慢慢咀嚼，才能探得詩意的更深層次，方能莞爾一笑於真正的詩境之中。

這幾年，林彧一有詩作即張貼於臉書，詩篇等身，我不揣淺陋，謹擇取他在年初所寫的〈大寒將至〉（二〇二二年一月十六日）一詩來略述管見。林彧在這詩後有一段文字補述，謂：「獨居山中，諸多不便……現在是冬天，沐浴淨身就成了一項大工程……過幾天就是大寒，今午陽光蕩漾，趕快淋浴去。」算是對寫詩的背景交代，也是讓閱讀進入浮面層次之引導，我嘗試著這樣解讀（括號內的文字是我初讀的解意）：

每一片葉落，就是一張臉孔的
消逝。我在時光之瀑下，堅持不凋
（所有的臉譜就像樹葉一樣，每一張都會凋落，而我在時光的流瀑下，還堅持著，不想凋謝。）

詩人將樹葉譬喻為臉譜，時光流轉下，那些熟悉的臉孔已一個個凋零如落葉，讓還奮力存在的「我」更顯孤獨。

此詩一起頭就是臉孔如葉落的「比喻」手法，並使與第三段的「蝕葉，都會飄飄」相互呼應；其次，將「消逝」切換到次行，使「消逝」成為上下行的連接語，前行譬喻臉孔如葉落會消逝，轉至次行，是「在時光之瀑下」我也會消逝，然後用「堅持不凋」來表態「我」奮力存在，短短兩行既寫季節轉換，也說出了友人逐一凋謝的孤獨感。

我已淋浴，山中的冬陽跨進紗門
為我敷上金黃而寒涼的油膏
暮空，飛鳥啣草掠過，不留聲影
夕日就要在薄霧掩護下棄守
松林後，月娘露出悲憫的微笑

（山中的冬陽跨進紗門時，我已淋浴，塗抹的潤膚乳就像金黃冬陽般略帶寒涼，這時，飛鳥啣草掠過暮空，銷聲匿跡；想來，夕陽就要隱沒，薄霧後，月亮已悄悄在松林露臉，含著幾分悲憫對我微笑。）

藉由沐浴一事，詩人以敘述的手法透過詩語言輕描淡寫冬日特色，以「暮空，飛鳥啣草掠過，不留聲影」，寫夜幕低垂、萬籟俱寂景緻，更是高超手法。「月娘露出悲憫的微笑」則是詩人回應第一段「獨我」的自我解嘲。

「我已淋浴」是說淋浴完畢，也是用諧音表示「我是林彧」，後續的詩句返身過來修飾洗身完畢的「我」所處的心境；在這一段裡，冬陽、飛鳥、夕日、薄霧、月娘都被「擬人化」，分別以主詞的型態進入詩的格局：冬陽來敷上油膏，金黃是光澤，寒涼是體感，兩者同時寫出冬陽與油膏當下的視覺美感；飛鳥啣草掠過暮空，有著「落霞與孤鶩齊飛，秋水共長天一色。」（王勃〈滕王閣序〉）的臨場感；夕日在薄霧掩護下棄守松林，彷彿蘇軾〈定風波〉「微冷，山頭斜照卻相迎。回首向來蕭瑟處，歸去。」的場景；月娘露出悲憫的微笑，流露出詩人「月既不解飲，影徒隨我身；暫伴月將影，行樂須及春。」（李白〈月下獨酌〉）

的滿身無奈。

如把「冬陽、飛鳥、夕日、月娘」當成「我」的代名詞來看時，我們可以有更寬廣的解讀：我如寒涼冬陽跨入斗室，塗抹曾有的金黃記憶，一切都像飛鳥啣草般，在人生的暮年掠過，再輝煌的歲月也會不留聲影吧！在人情淡如薄霧的世界裡，我是否也將如夕陽般棄守我的陣地？我不禁對著微笑的月亮發出幾許悲憫的慨歎。

大寒將至，殘花與蝕葉，都會飄飄
墜地，在銀珠晶閃的黑幕裡
下一季，我的觀景器應該綴滿陌生的
嫩青。而這窗邊的人依然
左手敲鍵：練字度日，寫詩過年

（是呀，大寒將至，在星光閃爍的黑夜，殘花與蝕葉都會飄飄墜地；等春天來時，我的視野就會填滿新嫩的翠綠。而這窗邊的人依然是左手敲鍵盤：練字度日，寫詩過年。）

清冷的夜、凋落的葉，飄著寒涼，是已屆二十四節氣的大寒所致，幾個「銀珠晶閃的黑幕」過後，詩人用「觀景器應該綴滿陌生的／嫩青」一語雙關的透露春天就會來臨，兼又以「陌生的嫩青」比喻為認識新的面孔。最後，「左手敲鍵：練字度日，寫詩過年」則表示了老殘歲月的無奈：「度日」如緩慢的練字書寫，「過年」（也是雙關語）則快如寫詩，而這個「我」依然只能選擇在窗邊守候飄飄落葉。

這一段，詩人以「詩的排比」營造強烈的意境轉折，第一、二行對比於第三、四行，「大寒將至」對應「下一季」，「墜地」對應「嫩青」，而與「在銀珠晶閃的黑幕裡」相呼應的是「而這窗邊的人依然」。「殘花與蝕葉，都會飄飄墜地」，相反的，「我的觀景器應該綴滿陌生的嫩青」；第一、二行訴說現有的事物就如殘花與蝕葉，都將隨風飄飄墜地，第三、四行則用略帶哀傷的口吻反過來說大寒之後就是春天，青翠將填滿觀景的視野。從讀者的視角來看，第五行或者可無，但因作者的體況反而又顯現出其特殊性，加之「度日如年」更強化了語言的力度，使無可奈何的心境自由流瀉。

若再往深層結構去解讀，將「大寒將至」譬喻為人生四季的最後一個節氣，即可轉譯為「大限將至」，那麼就與第一段的「消逝」及第二段的「暮空」、「夕日」遙相呼應，莫怪「月娘露出悲憫的微笑」，如此，「我」當下所餘的一切（殘花與蝕葉）都是飄飄無所似，墜地何妨！而其飄落時彷彿是在「黑幕裡」，讓人不禁淚光閃閃（銀珠晶閃）；想像著大限過後，來看我的應是我所不識的人（觀景器中的我），他們猶如庭前的青草，「嫩青」後加標點符號的句點是在與下一句做切割，也是在暗示「我」已不「嫩青」，這個「我」依然如昔在窗邊用「左手敲鍵」，連帶暗示右手失能，所以需要「練字」，寫詩度日，「過年」兩字則是絕響，總結了前面四行的無限感慨，讓落寞的心情從詩裡飄飄蕩出。

葉落飄飄是每一張臉孔的歸途，一如陶淵明〈雜詩〉所謂：「人生無根蒂，飄如陌上塵。分散逐風轉，此已非常身。」但是知曉熟識的人們一個個飄飛落地時，總又讓人感慨自己將又如何？是「飄飄何所似？天地一沙鷗。」（杜甫〈旅夜書懷〉）還是飄飄如「夏天的飛鳥來到我窗前，歌唱後飛走，秋天的黃葉呢，沒有歌唱，在那裡飄落如歎息。」（泰戈爾〈飛鳥集〉），大寒飄飄將至，我們呢？隨風飄飄。

林彧寫詩常用「擬人」、「比喻」手法，寄物以情，天地萬物皆有生命，都可以對照到詩人的本心，杜牧〈贈別〉的：「蠟燭有心還惜別，替人垂淚到天明。」寫蠟燭實則說自己有心、垂淚，辛棄疾〈賀新郎〉的「我見青山多嫵媚，料青山見我應如是。」青山非人，卻比擬為與自己對話的人。在林彧的詩裡不乏這些類似的例子；而「排比」、「諧音」、「暗喻」手法，使詩的張力更加圓滿，在林彧的詩裡也常出現；在〈大寒將至〉這詩中即可觀見這些詩寫手法，林彧詩藝之純熟也得藉由此詩窺見一斑。

黃昏，詩如金
——窺探林彧幾首短詩

游淑貞

二〇一九年六月二十八日，林彧詩人在印刻出版的文學森林裡，再種下《一棵樹》；這是他的第六本詩集，也是歷經風雨呼嘯滂沱後，有著生命的晴明與深沉。翻開頁入眼的是一張典藏書票，他在上面寫上：「這張泛黃的記憶，就託在您腦海中寄放。」。我一直沒忘記這冊詩集第三三八頁至三六七頁，我在其中寫下的〈森林蓊彧處，讀詩〉，那是詩與人相遇的起始。在這之前之後，雲端臉書分享一直是彼此相見談詩的方式。

林彧的詩，如他所言：「詩句如琉璃珠，在暗黑中撞擊，敲響。」，而我在他的字裡行間看見：「跌宕起伏的歲月光影，生命漩渦中不肯順服的一再泅泳。」二〇二二年三月二十六日他給了我一則訊息：「昨天終於把詩集編攥出模樣」，而這就是他即將出版的第七本詩集《彷彿在夢中的黃昏》。而我也在他的分享下，提前品味他的詩；如古人云：「受人涓滴，自當湧泉以報」，是以再度不揣淺陋，就其中幾首寫下我個人看詩的心情回饋。

在變動不居的大千世界，詩人以詩作為人生四季的寫生簿，詩也是詩人生命個體記憶的棲息地。以詩素描人生，在愈近黃昏光影中，詩，不只是時間回溯的行路，也是空間方位的指向。從春霧至薤露，從秋雨變奏到入冬。林彧的詩，總讓我有「咀含不盡」一再思索，和「靜慮頓悟」的餘味。試讀分享如下：

〈春霧．路燈〉

徹夜睜眼。防守雨箭攻山。
溫柔的長頸鹿啊。探頭探腦。隔著霧牆
窺視。獨居老人皺縮的心事。

詩人潛居南投山澤，有日光山水的絢爛，也少不了夜雨雷電的攪擾。尤以闃深中夜，心事徹夜攀抵未眠的眼，看夜霧穿梭，看冷雨穿箭的山林。一室暗寂，渺無人跡的街道，唯有窗外路燈溫柔守望，與布滿皺摺的心事相對。

詩中的長頸鹿為路燈之隱喻，引出山林獨居，對人際關係的盼望與溫存。雨箭攻山，示意心情的淪陷。長頸鹿引頸而盼的，正是人與人之間情的交流；獨居者至盼的親愛友情。詩至短，而描情忒深。

〈舊被〉

翅膀硬了。燕子紛紛離鄉。十幾年。
未曾歸來的在網上。嘲諷老巢棉被發霉。
單手打掃空房。我始知。這輩子太短。

這首詩，容易讓人聯想到唐詩人賀知章的回鄉偶書「少小離家老大回，鄉音無改鬢毛衰。」這首詩，是久客異地歸鄉，滿目似曾相識，卻人事已非兼及傷老的心情。不同的是：〈舊被〉詩中，寫下的是守在家中的老人，對離家出鄉的遊子，兩者異地而處，彼此關照的不同角度、不同心境和感懷。

對守在家中的父親而言，孩子是長大翅膀硬了的燕子，自有它盤舞周旋的天空。十幾年眼中所有，是少有燕跡折返的家；每有燕去樓空的心情感受。

每個月出日落，日子安靜，然盼燕子歸巢的心，像颯颯風響。在現實與網路世界中，不能被取代的是手握的溫暖，身靠的安穩，言語聲線勾織的感動。未能親身入鏡的畫面，總覺得隔著隱約模糊。

思念，如同一床棉被，遠觀，只見皺摺舊損；蓋被，近身才覺溫暖，難以捨棄的體會。遊子心，未到風雨的年歲，或難以了解思念的原形，包含無聲的關懷，形體的若即若離。親子間，共有一輩子（被子）的時間，倒底是很短？抑或牽掛繫念一生？

發霉的老巢，難捨的舊被；詩中隱藏著難以言說，又呼之欲出的線索——只為這被子（輩子）太短。

〈大寒大晴．如金〉

冬陽貴如金。難得有幾枚靜靜掉落。在父親敲釘的梧桐木裁縫桌上。我總不忍撿拾。怕。母親少婦時代忙碌的背影。與殘留的色土痕跡。會溶入黑暗中。如今。

這是一首追往思親的詩。

寒冬難得放晴，當冬陽穿過光禿樣椏，跌落在父親以梧桐木敲釘而成的的裁縫桌上，那疏漏日影如黃金般珍貴難得。好似少婦時期母親臨桌縫紉的身影，藏身記憶中，如同揉煉色土每多一次攪拌揉搓，海馬迴就會逐漸褪色，溶進黑暗。懷思親恩的記憶，如金。如今，詩人亦已來到感時傷逝的年紀；冬日心緒總是特別飄零。

〈山路〉

山路。是斷身數截的蚯蚓。扭曲著。匍匐前進。時隱時現。在千尺的杉林中。它鑽研著濃霧的密碼。多事的鷓鴣。躲在芒花下。一直提醒。好深的冬天啊。

久居山林，不免陷身於此；詩人以斷身數截的蚯蚓，譬喻彎曲山路的時隱時現；也以鑽研的密碼、躲在芒花下、多事鷓鴣的提醒；一再鋪陳出「好深的冬天啊」！

短短數行，飽滿且具生動畫面，讓看詩人輕易走進詩中的杉林、深山。

然，另以看詩人不同視角詮釋：

山路，不只是山路，也是記憶的歷程。有時款款而行，有時如風吹柳，婀娜嬌態。有煙嵐幽深的緬想，也有曲折靜謐的往事。

〈溪頭．靜音〉

靜音是森林的小名。沉默而美麗的婦人。喧鬧的溪水是不解風情的頑童。偶有輕佻的雲嵐來挑逗。靜音也只是微笑。任由來去。不為所動。

靜音。是我的手機。她緊貼在我的左胸前。只接聽忠實的心跳。

人間行步，在不同的城市巷道，不同的山林野間，有人聲市語，也有風聲燕喃；這之中有平曠有高揚，也有近耳極力傾聽，猶不能辨識的細聲微音，考驗著人耳聽音辨位的極限。作為人的五官，主掌聲音的耳朵，不只在單純收集各式音響，更在視聽嗅味觸五覺中，彼此整合。

作者溪頭篇中這首小詩——靜音，是森林、是沉默的美婦、也是喧鬧不止的頑童，偶有輕佻的雲嵐挑逗，也只是微笑，不為所動。在詩人筆下，靜音，是擬人化的耳朵與聽覺；由此聆聽解讀這宇宙洪荒開天闢地以來，從不短少的各式聲音，任其鑽耳入心，經驗著歡欣雀躍，甚或引致的紛亂干擾和痛楚。

可，詩中的靜音不只是靜音，她是詩人手中的啟動模式，也是詩人選擇截取佳音報喜或無病呻吟，或雜亂無章，甚或在各式街談巷議、媒體偏見中，得以抽身的杜絕利器。

所以靜音，是單純而馴服，只專為詩人引領入純粹的聲音意象；從不擅自作主。所以靜音，是詩人的手機，是緊貼在詩人心臟，只接收每一聲每一下的忠實心跳。

「靜音」是詩人置身人世綠林中，手擁的一點紅（羊蹄草），也是他的每一吋心的延伸與選擇。靜音，是身處迷霧中的撫琴而笑；更是口水節約下的時間成本。坐擁靜音，實乃臥龍崗上散淡的人，最美的知音。

日光溫煦，親情昭和
——〈日光昭和〉析論

尹凡

通常我們乍到一個陌生的環境，對於其人文世界的意義是難以理解的；我們必須從自己的歷史意識中所熟悉的資料比附陌生事物，作為理解的開端，這是理解的前設。文本的解蔽過程，也得是從我們的既有的認知概念中，先尋找一個推理的立足點，作為詮釋進向的前結構，否則只匆匆瀏覽不過走馬看花。

解析林彧於二〇二一年一月三日的新作〈日光昭和〉，本文的解讀是循林彧的語法習慣以及對事物指涉的語言視域為理解前設。林彧常以譬喻、轉喻及雙關的修辭營造語言，語料除字面的表意之外，亦常蘊藏著語言活動的深層結構；在林彧的作品中「重意」現象的經營是其詩藝的風格。若讀者僅從字面閱讀，只見其語言素樸，著重於文本實謂，不過是買櫝還珠。林彧的詩境，得經反覆咀嚼才得以見其世界正有清嵐舒卷萬狀。

因此以下先掌握到〈日光昭和〉的語言性格，循此聚焦、理解文本世界的真實呈現，全然貫通詩境所指涉的生命意義。此外，筆者與詩人生年相近，具備的時代與社會文化教養亦有共同感與類似視域範圍的判斷力，對其作品形成的普遍視域並不太過陌生，易於發掘出文本語言的映射區塊，在語言視域所形成的審美概念，亦有相近的品味。以此為據，可能較易探討出文本的真理。全詩如下：

〈日光昭和〉

追思父母，就躲回他們的年代
昭和的木櫃裡藏了些什麼
梧桐板抽屜，黝暗如防空壕
發霉了，香蕉絲的西裝
發霉了，砂糖水攪糙米飯
發霉了，學徒兵的南洋出征照

擦拭後，我想儲放遙遠的青春

把成串的蒼白囈語，收起來
把零散的戀情，收起來
把褪色的受薪盛事，收起來

曬著暖暖冬日，我自滿如富翁
抽拉著回憶，把玩著憂喜
卡答一聲，空襲警報倏忽響起
誤觸生鏽的鐵鈕，被關住了：
我的草稿我的藍圖，唯一的鎖匙

黃昏時刻，我放棄了扣關
垂暮的窗外也有來去自如的輕嵐
屋內剩下薄薄斜影，不值珍藏
兒女夠聰明，將來
他們想念老父，可以上雲端

先明標題，〈日光昭和〉由兩個意象組合詩境背景；「日光」與「昭和」兩個語料本來都是實詞，適用於第一段的理解；從第二段以後，「昭和」語料雖不見於字面，但其意象的映射作用仍繼續貫串全詩，捨昭和的日光映射功能，就不能理解「日光」與「昭和」的語用的巧妙配置，難以掌握全詩文本的進向。「昭和」在本詩蘊含多義，昭和的概念時虛時實，呈現空間收納性以及時間的流動性。詩人對詞性的活用，「昭和」意象有轉品格的功能。

下來進入本詩第一段的「追思父母，就躲回他們的年代／昭和的木櫃裡藏了些什麼」句呈現的意義；通常回想過去的事件時，會因時空距離太遠而讓事件發展過程的細節模糊，必須進入事物已經被賦予在深層心理空間的意義，才能喚起事件總體意義，否則將事物從黝暗如防空壕的記憶喚出的只不過是類屬心理空間的一部分，而且過去事已經被淡忘太久，重新省思，彷彿已發霉了。重複的「發霉了」是一個認知譬喻概念中「知是見」的模式，換句話說：視覺上所見（seeing）的規律性而獲得知（Knowing and understanding），然而此「知」卻不完全吻合於事件的初始意義。而不是以前的防空壕具有隱藏、逃避傷害的身體經驗為基礎的意義。

昭和的木櫃中梧桐板抽屜，本具長久保存而有不壞性（亦即是不腐壞的象徵），應會永恆收藏所依怙雙親的衣（香蕉絲的西裝）、食（砂糖水攪糙米飯）、住（昭和的木櫃）、行（南洋出征）的生命經驗，本以為儲藏於優質性的記憶中不會發霉，如今打開記憶卻已呈衰敗相，無奈之感以重複句表達，加強無可言喻的憂悲苦惱。抽屜所收藏的是親情的依怙經驗，但是如今都發霉了，將抽象的情感在文本世界裡具體化。

「昭和」在現代意義，是一種具有特殊審美趣味的詞彙。「昭和」，是指一九二六年至一九八九年這六十多年的期間，在文化品味、審美判斷都充滿新與舊的衝突時期。「昭和感」是指變化最為激烈的昭和年間的後期，「昭和感」在現代成為轉喻詞，被理解為「令人懷念的感覺」。提到「昭和」的懷舊風，令人聯想起像是帶著鵝黃的色澤的時光，其氛圍如暮光般模糊、柔和的「懷舊」色彩與「溫暖」的純樸情調。昭和時期製作的木器，對各邊角的接合面都有很精細的工藝，木板與木板的接合處以方正的榫打上木釘，其風格捨棄了明治大正時期華麗繁複，僅以素樸簡單的線條裝飾邊框。這些木器製作，擺設在現代木器作品間也不會感到突兀，尤其是木器邊緣呈現被時間磨亮的痕跡，都是可觸摸得到的鮮明歷史意識的具像化。昭和時期（一九二六—一九八九）是日本從近代進化到現代生活的關鍵年代，期間經過一場戰爭以及器物、制度、等重大變革，故昭和木作本身，除具有懷舊感外，亦蘊涵著多元性質的歷史文化意義；在台灣，「昭和」作為語料分析，除蘊含上來所述意象外，因戰前的昭和史也是台灣史的一部分，對於戰後不久出生的林彧，昭和時代製作的木櫃，對林彧而言是親情依怙經驗及生命得失歷程的指喻，昭和的日光借代此一時代的柔和的審美經驗。

第二段之後，昭和感成為溫情恆存的象徵，是自身記憶的獨特經驗。昭和感的抽屜也儲存著生命過程和生命意義，根據語用的推論，「昭和」的意象隱涵著美好生命經驗的意義。「昭和」若作為實詞語料，便是指謂歷史上的某一段時間，這是將語言的表達當作本身存有的意義；我們可以在此詩所敘事件的心理時間與空間，歷經過去、現在與未來，透過垂暮之窗（眼），觀望來去自如的輕嵐，省視薄薄的斜影；黃昏的光從窗外透入窗裡，視域所極皆染著鵝黃色澤的「懷舊」與「溫暖」情調。而在回憶中感覺生命經驗的短暫充足，但是在世間法裡，有所得必有所失。當思及美好的過去生命之後，接續而來的便是失落感的嗒然；其失落感如「警報倏忽響起」作喻，連結雙親在昭和時代的台灣生活經驗在此刻蕩然無存了。

一旦打開心靈中懷舊的親情，是目前難以忍受的痛，其「誤觸生鏽的鐵鈕」是觸及不堪回首的自動覺知，在年輕時，昭和感是教養自身生命的品味與風格，是「我的草稿我的藍圖，唯一的鎖匙」。於是到了「黃昏時刻，我放棄了扣關」；「黃昏時刻」借喻垂暮之年，配合文本世界的時間流，讓語言在隱喻方式發展生命。將衰敗的記憶「擦拭後，我想儲放遙遠的青春」「收起來」，這是已知連自己的生活歷程也將要置入會發霉的歷史記憶中；生活歷程是獨特的個體經驗，只有自身世界的意義，自身體解自身「抽拉著回憶，把玩著憂喜」的獨己之遊，此近莊學之說的人格藝術精神呈現；其精神為自由自在，故說：「我自滿如富翁」。

第三段是從木櫃的梧桐板抽屜鎖觸及的具象感受，雖不提及「昭和」，但在昭和感作為成長的轉喻影響，而映射到抽象的「懷舊與珍藏」的期待。這是認知譬喻概念的模式，以經驗為基礎而成為來源域映射到目標域的心理空間。然而，「卡答一聲，空襲警報倏忽響起／誤觸生鏽的鐵鈕，被關住了：／我的草稿我的藍圖，唯一的鎖匙」，因為年代久了，木櫃的鎖生鏽而卡住；相應於年代久了對過去生命經驗也有不完整的記憶片段——那些畏懼著傷害的情緒，仍在如防空壕中蟄伏，猶被桎梏在發霉的黝暗裡仍未自由。抽屜儲藏著過去的生命史以及「我的草稿我的藍圖」，這是能打開生命滿足感的「唯一的鎖匙」。

然現在已是日光昏暗的「黃昏時刻」，垂垂老矣的「我放棄了扣關」；放棄回顧，而將視域探向窗外的世界，「垂暮的窗外也有來去自如的輕嵐／屋內剩下薄薄斜影，不值珍藏」了，在無力可回天的無奈感，也只能成為一種隨順因緣的生命智慧了。甚至體認到「未來」「兒女夠聰明，將來／他們想念老父，可以上雲端」。

「雲端」是此詩的詩眼。在空間位置，具有昭和木櫃的儲存性；在時間距離，成為相距遙遠的隱喻。思念是人文的情懷，是感性的相知溝通，如杜甫的《別董頲》：「當念著白帽，採薇青雲端」；至今卻成為現代科技——伺服器裡「雲端」的功能，可儲存資料，也能作訊息的交換，成為理性溝通的工具。遺憾的是在伺服器，「昭和感」的人文溫馨卻無法寫成程式的。此詩的「雲端」概念，是單一來源映射到兩種目標域，如何得解？但看兒女的想念高度。

詩思是心靈的表達形式，詩人以語言照亮文本世界的事物理念。當詩人與世界的偶緣性碰撞，此世界便是詩人的語言視域與此一世界所融合的世界。事件於焉降臨，並且經過由語言的玄照呈現出自身意義。

此種詩人與其所碰撞而入的世界，兩者的視域全然貫通，呈現物我交融於初始狀態的藝術精神，這是一種抽象、朦朧的心理空間，也是統攝萬殊於一理的概括式的直觀審美經驗。詩人遊心其中，再度返回現實後經過反思，重新理解此一事件的存有意義，從而擇取所曾觸及的部分境界，以新的視域語言重新定義所遊之境底結構，在現實世界中以現實世界的語言成為具體概念（物我主客的對立關係）。

因為此一概括式的直觀審美經驗，實難再度具體表述，故詩人慣以隱喻、象徵的手法，將實相隱匿於語言的深層結構中，使文句除表詮層次外，亦有遮詮的獨特感知，故而詩的語言常見譬喻或轉喻的技藝，形成詩的多義現象；正如唐．釋皎然《詩式．卷一》的評曰：「兩重意以上，皆文外之旨。」此種「但見性情不睹文字」，就是表示詩人於文本中的基本情感、態度和看法之生命價值觀。在皎然的《詩式》稱為「詩道之極」，是最圓融的詩藝。要體解文本的世界意義除觀照表現形式之外，更得著重於語言的玄照性，方能全然貫通文本世界的意義。

文本的意義，是一種獨己的生命經驗，對於詮釋者是一個陌生的世界，進入此一文本世界，詮釋者只能依詮釋者習以為常的歷史意識去解讀，以自己成見去對應文本世界中的事物，運用詮釋者所熟悉的語言視域，比附出大致相應的語法、詞彙、修辭，轉換成文本世界的語法、詞彙、修辭的語用、語義，才得以具體感知語言文字所玄照出的意味；同樣的，詮釋者作此轉換生成，也是以自身的歷史意識及處境作為理解的前設，因此要獲得文本的真義，詮釋者不能成為文本的主體，而是由文本為主體，以文本的藝術經驗展開類似於遊戲的忘我模式。

當詮釋者全神進入文本的藝術經驗，刪除與文本不相應的視域才能使詮釋者到達文本藝術的精神；在類似於遊戲模式的過程中，詮釋者須一再地刪除掉與文本不相容的詮釋成見，方能進入文本的藝術經驗中，全然貫通文本世界的意義，並且讓詮釋者得到新的生命意義——一種獲得新知的快樂。

（本文刊載於《乾坤詩刊》第九十九期，二〇二一秋季號）

【後記】

詩出無名

你能否告訴我：喟嘆的厚度？
你能否告訴我：欣喜能拍得多高？
昨晚不安定的睡眠，究竟有幾兩重？
偷渡的夢想，應該染成什麼顏色？
欺瞞者與背叛者，哪個該先遺忘？
思念，可以彎曲嗎？
悲傷，長度是多少？
快樂是圓形還是多角形？
友情是鵝卵石還是玻璃脆片？

希望該藏匿雲翳還是如日普照？
黃昏，該喝陳酒還是閉目聽鐘？

我寫著詩，始終沒有找到答案——因為愚騃，因為遲鈍，因為笨。我無法以文字犀利剖析人事或時勢；我無法以文字描繪情愫細芽的抽長，或情愛之花的萎凋；我無法對身處的世界抨擊、埋怨或歌頌——以我簡單的頭腦、貧瘠的詞藻、進水的頭腦。

萬事萬物總是無以名狀。悲也無名，喜也無名——在不辨方圓之前，悲喜瞬即消匿，變調；心智在不知不覺中，哀樂已然抽離，遁蹤，無影。長存者，惟畫家之線條與色彩；惟樂者之音符與旋律；惟雕塑家的刀痕與手跡，惟書法家的筆力與結構。而詩人呢？

詩出無名。向蟲魚鳥獸借來靈魂，深嘗憂歡悲喜之酸甜苦辣，「以身觸罰」而甘之若素。詩出無名者也只能空中鑿字，在蒼茫的時空裡，為自己的座標尋找一個虛渺的定位罷了。

是的，這是我寫的詩。在清晨的陽光下書寫；在松樹的濃蔭下書寫。寫戰爭的荒謬；寫病毒的囂張與恐慌。鳥聲滴落，我寫；山溪渴涸，我寫。我躲藏在雲霧中，雨滴露珠我為何不能寫？我窩居於觀光勝地，車聲人聲卻進不了稿紙格子。至於小丑般的政客，我不再浪費筆墨於他們可笑的言行了。

是的，這是我的詩集——中風六年來的第三本。呻吟有之，踱步有之，驚夢有之。風雲雷電，憂喟嘻笑，入我眼耳，有感於心，儘管無以名狀，仍是詩之所出：有短至三行，有句號成群，有顛三倒四，有隨想隨忘，興觀群怨而得字句，全是手顫緩書，左指敲鍵，慢慢打出我的心聲，篇篇真誠以赴。讀者喜歡也罷，嫌棄也罷，「作者已死」之論，適用於我所有的詩集。

而這本詩集原計畫取名為《不．要．臉．書》——十六年來，我只在臉書上創作並發表，做自己的總編輯——「不要臉」就是：我不想要露臉，不參與任何座談或演講，不受困擾地寫詩，不主動投稿，不接受指定題目而寫。「不要臉書」是因為這個平台已然變質，幕後主事者自行操控著所有臉友的發表內容（隨意下架作品、壓低能見度），既然無法隨心創作，我還需要這個「臉」嗎？二〇二一年十一月十九日我進入六十六歲生日這天，我竟然順心寫出〈彷彿在夢中的黃昏〉的草稿——這個題目已經沉壓在心頭將近三十年，琢磨，塗改，多天後才願意在臉書上發表——在回報老友詢問近況的詩中，我終得以詩句將這些年的生活狀況、心境書寫完成。黃昏之年猶然有夢、敢夢、如常作夢，這不就書出有名了嗎？（我的第一本詩集就是：《夢要去旅行》——一九八四年出版。）

於是，詩出無名，書出有名：《彷彿在夢中的黃昏》，這也暗暗砥礪著日漸行動不便的自己：

雙腳難抵之處，文字代步；

人生多所缺憾，詩心可補。

沒有感激之辭，沒有諂媚之言。這就是後記了。

二〇二二年三月廿六日陰雨溪頭

文學叢書 689

彷彿在夢中的黃昏

作　　者　林　彧
總 編 輯　初安民
責任編輯　林家鵬
美術編輯　陳淑美
校　　對　林　彧　林家鵬

發 行 人　張書銘
出　　版　INK 印刻文學生活雜誌出版股份有限公司
新北市中和區建一路249號8樓
電話：02-22281626
傳真：02-22281598
e-mail：ink.book@msa.hinet.net
網　　址　舒讀網www.inksudu.com.tw

法律顧問　巨鼎博達法律事務所
施竣中律師
總 代 理　成陽出版股份有限公司
電話：03-3589000（代表號）
傳真：03-3556521
郵政劃撥　19785090 印刻文學生活雜誌出版股份有限公司
印　　刷　海王印刷事業股份有限公司

港澳總經銷　泛華發行代理有限公司
地　　址　香港新界將軍澳工業邨駿昌街7號2樓
電　　話　852-2798-2220
傳　　真　852-2796-5471
網　　址　www.gccd.com.hk

出版日期　2022年 8 月　初版
ISBN　978-986-387-592-5
定價　330元

國家圖書館出版品預行編目(CIP)資料

彷彿在夢中的黃昏／林彧 著.
--初版. --新北市中和區：INK印刻文學，2022. 08
面； 14.8×21公分. --（文學叢書；689）
ISBN 978-986-387-592-5（平裝）

863.51　　111009768

舒讀網